捨てられ男爵令嬢は黒騎士様のお気に入り2

水野沙彰

illustration 宵 マチ

CONTENTS

ICHIJINSHA IRIS NEO

この作品はフィクションです。
実際の人物・団体・事件などには関係ありません。

捨てられ男爵令嬢は黒騎士様のお気に入り2

1章　令嬢は黒騎士様と婚約する

窓から差し込む夕日が室内を赤く染め上げていく。ソフィアは頬にかかる髪を耳にかけ、机に広げていた本を閉じた。

読んでいた本は、ギルバートがソフィアのためにと用意してくれたものだ。最近流行しているという詩集は、急に大きく変わってしまった日常を忘れ、ソフィアの心に穏やかな安らぎと甘いひとときをくれる。心に残った透き通るような言葉を噛《か》み締めたくて、そっと瞳を閉じた。

しかし、瞼の裏に、まるで夢のような情景が広がった。同時に思い出した言葉に、ソフィアの心臓が跳ねる。

王城の庭園。お伽《とぎ》話のような四阿《あずまや》。一面に咲くノースポールの花。そして、夜会服姿のギルバート。

『――ソフィア、すまない。私はもう、お前を離すことはできない』

それはギルバートからの愛の言葉だ。

あんなに真摯な愛の言葉など、かつて両親から貰《もら》って以来ずっと、触れていなかった。思い出すと恥ずかしく、一人でいても頬が染まってしまう。頬に触れ、自身の手の温度で少しでも熱を引かせようと試みる。

「何してるの、ソフィア」

溜息《ためいき》混じりの声が聞こえて、ソフィアは慌てて振り返った。

「ちょ……ちょっと、思い出しちゃって」

ソフィアの隠し切れていない熱に気付いたカリーナが、一つに纏《まと》めた濃茶色の髪を揺らして笑う。

橙《だいだい》混じりの茶色い瞳は揶揄《からか》うように細められていた。

「カリーナ、まだここにいて良いの？」

ソフィアは夢心地のままで問いかけた。カリーナが苦笑して、ソフィアに近付いてくる。

「これが私の仕事よ。もう一週間も経《た》つのに、まだそんなこと言ってるの？」

「あ……そうよね。ごめんなさい」

ソフィアは本に集中し過ぎていたせいで散漫になっていた思考を必死で手繰り寄せる。

カリーナはフォルスター侯爵家の使用人で、ソフィアにとっては初めてできた大切な友人だ。ソフィアがギルバートの求婚を受けた今では、侍女として支えてくれている。

「謝ることはないわ。誰だって、急にこんなことになったら落ち着かないもの」

「ありがとう、カリーナ。うう……もう少し、しっかりするわね」

「無理しなくて良いわよ」

さっぱりと言ってくれる友人には感謝しかない。

夕日が寝台の柱に括《くく》りつけられた天蓋を橙色に染めている。少し前までソフィアがいた使用人部屋の数倍もあるフォルスター侯爵邸の客間は、やっぱりソフィア一人で使うには広過ぎる気がした。

前レーニシュ男爵の一人娘であったソフィアが、婚約者であった伯爵家の嫡男アルベルトから婚約を破棄され、男爵位を継いだ叔父に追い出されたのは、今から四ヶ月ほど前のことだ。ソフィアは皆が持っているはずの魔力を持たず、街に溢《あふ》れる魔道具を操作できない。世間知らずで、一人で外に出たことさえほとんど無かった。

途方に暮れていたところを、王太子であるマティアスの指示で、フォルスター侯爵であり近衛騎士団第二小隊副隊長兼魔法騎士であるギルバートに拾われ、フォルスター侯爵邸に保護された。

ただ世話になるのも気が咎《とが》め、せめてギルバートのために何かがしたいと邸《やしき》の使用人として働くことになったソフィアだったが、ギルバートと共に過ごすうちに、抱える苦悩と暖かい優しさを知り、気付けば恋に落ちていた。

そんなとき、マティアスの勧めもあって、ソフィアは新年を祝う夜会で社交界デビューし、ギルバートのパートナーを務めることになった。そして夜会の日、ソフィアはギルバートから求婚され、それを受け入れたのだ。

自分に起こったことなのに、全てが夢のような気もする。これは幸せな長い夢で、目が覚めたらレーニシュ男爵家の自身の部屋にいるのではないか——何度もそう思ったが、頬を抓《つね》れば痛みを感じる。何度も確認して、その度に夢ではないと安心し、同時に背筋が伸びる。

今日もギルバートの帰りは遅くなるらしいので、そろそろ先に夕食をとる支度をしなければならない。ギルバートに求婚されて共に食事ができるようになったのに、なかなかその機会は巡ってこないままだった。

「そろそろ着替える？」

カリーナの問いかけにソフィアは頷《うなず》いた。

今は楽な服を着ているが、食堂に行くのなら、もう少ししっかりとした服の方が良いだろう。未《いま》だこの生活に慣れないでいるソフィアよりも、カリーナの方が、既に新しい日々に馴染《なじ》んでいるような気がする。なんだか不思議だ。

ソフィアが着替えを終えてすぐに、入り口の扉が軽く数回叩《たた》かれた。

「ソフィアさん、よろしいですか？」

「はい！」

聞き慣れた落ち着いた声にソフィアが慌てて立ち上がると、カリーナの方が早く扉を開けに向かった。しかしそれよりも更に早く、返事を聞いた執事頭のハンスが部屋の中へと入ってくる。綻び一つ無く整えられた執事服が、長年の完璧な仕事振りを体現していた。ハンスは机の前に立っているソフィアを見て、柔和な表情のまま小さく首を振った。

「——ソフィアさんは返事をしていただくだけで良いのですよ」

視線を泳がせるソフィアに、ハンスが苦笑する。

「そういうわけには……」

つい先日まで使用人として働いていたソフィアにとって、ハンスは上司だ。ソフィアが動くのが当然だろうと思ったが、どうやら違ったらしい。ハンスはソフィアを窓際のテーブルへと導いた。向かい合って椅子に座ると、何枚かの書類をテーブルに広げた。

「まずはソフィアさん。改めて、ギルバート様の求婚を受けてくださり、ありがとうございます」

ハンスが深く頭を下げる。ソフィアは慌てて両手を振った。礼を言われるようなことはしていない。

「私、仲が良い振りって言われていたのに——申し訳ございません」

あの夜会の日、ソフィアがハンスから頼まれたのは、ギルバートの冷たい印象を改善するため、ソフィアに優しくする姿を夜会に参加する貴族達に見せつけてくることだった。かつては男爵令嬢だったとはいえ、一使用人でしかないソフィアが過ぎた真似《まね》をしたのだから、叱られてもおかしくない。

「いえ、それは予定通りと言いますか……」

ハンスが僅かにソフィアから目を逸《そ》らした。

「え？」

「いいえ、ソフィアさんは気にしなくて良いことです。——それより、これからのことですが」

ハンスが書類を何枚か選んで、ソフィアの方に滑らせる。それはソフィアがメイドとして働く前にサインをしたものだ。まだほんの数ヶ月しか経っていないが、随分と前のことのように思える。

「ソフィアさんには、侯爵夫人として相応《ふさわ》しい教養と作法を身につけていただくことになります。あわせて、婚約に伴う手続きと結婚の準備もしていただかねばなりません。大変だと思いますが、私共も全力でサポート致します」

朗らかに言われ、ソフィアは困惑する。頑張ってみたところで、まだ自信は無いのだ。

「……私で良いのでしょうか。皆だって、もっと素敵なご令嬢の方が良かったと思うのでは」

「そんなことはありません。むしろソフィアさんだからこそ、私は嬉《うれ》しいです。それはきっと、皆も同じでしょう」

視界の端で、カリーナが何度も頭を上下に振っている。ソフィアはほっと息を吐いた。ハンスがかけてくれた言葉が、ゆっくりと心に染み込んでいく。受け入れてもらえたことが、とても嬉しかった。気をしっかり持たなければ涙が溢れてしまいそうなほどに。

「ありがとうございます……」

「詳しい話はギルバート様が帰ってから直接お話ししますが、まずは雇用契約を解除してしまいましょう。あと、先日までの分の給料もお渡ししますね」

ソフィアはハンスに渡されたペンを手に、指示されるままに署名を入れていった。ひと通り書き終

える と、給料の入った封筒を渡される。

「お疲れ様でした。ここ数日の疲れもあるでしょうし、ゆっくり過ごしてください。食事もこちらに運ばせます」

「お気遣い、ありがとうございます。それと、あの。これから、よろしくお願いします……っ！」

ソフィアが立ち上がって勢いよく頭を下げると、ハンスは珍しく声を上げて笑った。その表情からはソフィアを歓迎してくれていることが言葉よりもよく伝わって、嬉しくなる。ハンスはもうすぐ夕食の支度ができると言って、部屋を出て行った。

様々なことがありすぎて、ソフィアはまだ混乱していた。しかしフォルスター侯爵家の皆に認められたい。ギルバートの側《そば》にいるために、もっと強くなりたい。ギルバートとこれからを歩んでいくと決めたことを後悔はしない。ソフィアはそう心に決め、スカートの影で両手をぎゅっと握った。


フォルスター侯爵家の当主であるギルバートの私室は続き部屋になっており、一番奥にある寝室に浴室がある。強大過ぎる魔力によって制御のための腕輪をしていなければ魔道具を壊してしまうギルバートのために、当主の私室は全て魔道具が開発される以前のアンティーク家具——この邸では旧道具と呼ばれている——で揃《そろ》えられていた。

魔道具は魔力の循環を動力としている。埋め込まれた魔力の回路が、人間の持つ魔力に反応して起動する仕組みだ。魔力が無いソフィアが扱えるのは、旧道具だけだった。邸に連れてこられた日からずっと、ソフィアはギルバートの私室にある浴室を使わせてもらっている。

「お風呂、お借りしました。ありがとうございます」

部屋着のシンプルなワンピースに着替えたソフィアは、ギルバートが待つ部屋の扉を開けた。ギルバートは何か書き物をしていたらしく、机に向かっていたが、ソフィアを見ると手を止め顔を上げた。艶のある銀髪が揺れ、藍色の瞳が細められる。ギルバートは立ち上がって、ソファに移動した。

「――ソフィア、おいで」

ギルバートが、自身が座った隣の場所を手で指し示す。ソフィアは慣れた動作で隣に座った。するとすぐにギルバートの左手がソフィアの右手を握ってくる。

ギルバートは意思に関係無く、触れた相手の魔力の揺らぎを読み、心を覗《のぞ》いてしまうらしい。魔力が無いソフィアに触れて何も見えないのが心地良いと、出会った日の夜からずっと、話をするときにはギルバートはソフィアの手に触れていた。

身を乗り出したギルバートの右手が、ソフィアの長い髪に触れ、そのまますうっと梳《す》くように撫《な》でられる。擽《くすぐ》ったさに小さく笑うと同時に、ギルバートの手首の白金の腕輪が淡く光った。柔らかな温かさに包まれ、髪が乾いてふわりと揺れる。

優しい魔法は本来の魔法の使い方ではなく、ギルバートの優しさがソフィアを包んでくれているような気がした。いつものことなのに、ソフィアの心もふわりと軽く、暖かくなる。

「ありがとうございます……」

ソフィアが礼を言うと、ギルバートは小さく頷いた。

「今日は何があった？」

いつからか日課となっている、二人きりで会話をするこの時間。口数が多くないギルバートは、必ずいつも同じ質問をする。

「今日はいただいた本を読んでいたのですが、とても素敵な詩ばかりで……本当にありがとうございます」

「先日の刺繍《ししゅう》の礼だ、気にしなくて良い」

夜会の後、刺繍を入れたハンカチを贈ったことを言っているのだろう。だが、そのハンカチは良くしてくれたギルバートのへの礼のつもりだった。礼に礼で返されてしまうと、どうして良いか分からない。

「これからのことだが――」

ソフィアが困惑しているうちに、ギルバートは話題を変えてしまった。

「今後も今いる客間をお前の部屋として使ってくれ。これまでの部屋にある荷物は、明日運べるように人を遣《や》るから」

ギルバートと結婚しようというソフィアが、メイドとして働いていたときに使っていた使用人部屋を使い続けるわけにはいかない。夜会から今日までの間は、支度に使った客間で生活していたのだ。本当は上品で高級そうな調度で揃えられた客間を使い続けるのは気が引けるが、使用人部屋が良いと言うのは逆に我儘《わがまま》だろう。だが、荷物の移動まで手伝ってもらうのは申し訳ない。

「一人で――あ、カリーナと二人で大丈夫です。あまりお手間をかけるのは申し訳ないですから」

「いや、構わない。調度の入れ替えもあるのだから、男手は必要だ」

そう言われてしまえば、ソフィアも頷かざるを得なかった。侯爵邸に来て最初にギルバートから貰った、青い花をモチーフにした、壁に取り付けられた旧道具の明かりとランプ。ランプは問題無いが、明かりを壁から外してまた取り付けるとなると、自分達だけでは難しいだろう。

客間の調度は魔道具で揃えられているため、このままではソフィア一人で明かりをつけることさえできない。今はソフィアが気付くよりも早くカリーナが明かりをつけてくれるので困っていないけれど、ギルバートから貰った物は側に置いておきたいし、やはり自分で扱える物が側にあった方が安心できる。

「分かりました。あの、ありがとうございます」

少しでも他人の手を煩わせないように、なるべく早く他の物は自分で運び出してしまおうとソフィアは決めた。ギルバートは一度頷いて、話を続ける。

「それと今日、私の父と母に手紙を出した。数日中に返事があるはずだ」

「……大旦那様と大奥様に？」

「ああ。お前と私の婚約誓約書の件だ」

飾り気なく、しかしはっきりと言ったギルバートに、ソフィアは目を見開いて固まった。

婚約誓約書は二枚作成し、それぞれの家で保管するものだ。貴族同士では作成するのが当然だった。ソフィアも幼い頃に、一度署名したことがある。そしてそれはもうこの世界には無い。フランツ伯爵令息であるアルベルトとソフィアの名前で作成した婚約誓約書は、ソフィアの従妹《いとこ》であるビアンカに心変わりしたアルベルトと、叔父達の手によって無かったことにされた。

ギルバートが、ソフィアの躊躇《ためら》いを察したようにぎゅっと強く手を握る。

「大丈夫だ。私は自分の意思で書くし、婚約期間を長引かせるつもりもない」

ギルバートの瞳には覚悟の色が浮かんでいる。それはソフィアの内心の不安を見透かすようであり、同時に暗闇を導く光のようでもあった。

「だからずっと私の側にいると誓ってほしい。誰に何を言われても、私にはお前がいなくなる以上に困ることなどない」

ギルバートの藍色の瞳に吸い込まれてしまいそうなソフィアを、その言葉が現実に縛りつけた。

優しさからギルバートが口にしようとはしないその覚悟が何なのか、これ以上何を背負おうとしているのか、ソフィアにはその全てを理解することはできない。しかし、ソフィアもギルバートに何かを返したかった。今のソフィアにできることは、あまり多くはないだろう。ならばせめて、揺るがないこの気持ちだけは。

「──はい、ギルバート様。私も私の意思で、書かせていただきます」

婚約の誓約書に署名をすることで、その誓いになるだろうか。今度こそ破られることがない約束を結びたい。分不相応だと思われないように頑張りたい。ソフィアが繋《つな》いでいる手を握り返すと、ギルバートは表情を緩めて薄く微笑《ほほえ》んだ。

◇　◇　◇

「お前、その書類どうしたんだ？　俺より仕事抱えてんじゃねえか」

近衛騎士団第二小隊の執務室。一番奥にある机から、アーベルが顔を覗かせて声をかけてきた。机に向かっていると、ただでさえ大柄な身体《からだ》がより大きく見える。赤い癖毛と鋭い目──執務室が圧倒的に似合わないアーベルは、第二小隊長であり、副隊長であるギルバートの直属の上官だ。

「いえ、これは」

ギルバートが説明しようとしたが、それよりも早く部屋にいた他の隊員達がギルバートの机を見て声を上げた。

「うわ、何ですかその量！」

「副隊長が仕事溜《た》め込むなんて、珍しいですね」

ケヴィンが年齢の割に幼く見える顔を無邪気に歪《ゆが》めて、大きな声を上げる。それを聞いたトビアスがひょいとギルバートの机を見て、目を丸くした。ケヴィンとトビアスは第二小隊所属の騎士で、ギルバートの部下だ。

ギルバートの机の上には、隊員達が驚くほどの量の書類が山と積まれていた。それらのほとんどは本来の仕事ではなく、ある事件に関する報告書だ。基本的に頭の中に情報を溜めておき、手元には最低限の資料を置いて仕事をするギルバートにしては珍しく、手当たり次第の資料を集めてきたのだから、皆に驚かれるのも仕方がないことだろう。

「何の案件だ？　今、お前が抱え込むような仕事無かっただろ」

アーベルが立ち上がって、ギルバートの席まで歩み寄ってくる。そうして、ギルバートが止める間も無く報告書の一つを手に取った。

「ちょっと待て……っ、これ、特務の書類じゃねえか⁉」

ギルバートは目を逸らした。アーベルが言う通り、確かにこれらの報告書は特務部隊が作成し管理しているものだ。

「調べたいことがありまして。特務部隊のフェヒト殿に頼んで、個人的に借りてきました」

特務部隊は国王直属で、国家の安定のための活動を主な任務としている。他国や反社会勢力を相手とした諜報《ちょうほう》、不正商品取引の摘発、有力貴族相手の事件捜査など、その職務は多岐にわたっている。

ギルバートが持つ魔力の揺らぎを読む能力は、特務部隊にとって魅力的なものである。入隊時、ギルバートが特務部隊からの誘いを断って第二小隊を選んだことがきっかけで、未《いま》だに第二小隊と特務部隊の間には軋轢《あつれき》があった。

「どうした。特務に頼むなんて、らしくねぇじゃねえか」

「――……少し、気になることがありまして」

まだ第二小隊の皆に伝えるのは憚られる内容だ。ギルバートはそっと隊員達から見えないように、手元の書類を裏返した。ケヴィンとトビアスは、ギルバートの態度の変化に気付いたのか、それぞれの仕事に戻っている。優秀な部下だとギルバートはほっと小さく息を吐いた。

「……分かったよ。形になる前に報告しに来いよな」

アーベルがギルバートの肩を軽く叩いて、自分の席に戻っていった。

気になることというのは、先日外患誘致の罪で逮捕されたバーダー伯爵の息子の事件だ。バーダー伯爵は、このアイオリア王国の南に隣接するエラトスという国の潜入者を手引きし、逮捕された。動機は将来のエラトスでの厚遇とギルバートへの私怨だ。

ギルバートを恨んだ理由は、違法な商品取引に関わった息子の事件でギルバートが取り調べを担当したことだった。逮捕されるに至った決定的な証拠が、その取り調べによって発見されたのだ。逆恨みと言ってしまえばそれまでだが、それがきっかけでバーダー伯爵家は零落し、伯爵の妻は実家に帰ってしまったらしい。

今になってバーダー伯爵の息子の事件を洗い直しているのは、夜会でソフィアの叔父であるレーニシュ男爵に会い、握手をしたことがきっかけだ。当然、ギルバートはレーニシュ男爵の魔力を通して、その記憶を覗いている。あの場では『後ろ暗いところがある』と言葉を濁したが、関わっていたのは同じ事件のようだった。そしてもう一つのある事件も。

深く考えると、ギルバートでも怒りに冷静さを失いそうになってしまう。

「殿下の護衛、交代してきます」

ギルバートは資料を閉じ、机の上の書類を鍵の付いた抽斗《ひきだし》二ヶ所に分けてしまった。席を立ち、椅子の背に掛けていたマントを身につける。

近衛騎士団第二小隊は、王太子であるマティアス直属の隊だ。その職務には、交代でのマティアスの護衛も含まれる。特にマティアスとパブリックスクールからの友人であるギルバートは、その頻度が高かった。ギルバートがマティアスのいる王太子執務室に行くと、入れ替わりにそれまで室内で護衛をしていた隊員が出て行った。

「なんだ。早いね、ギルバート」

頬杖《ほおづえ》をつきながらペンを走らせていたマティアスが、苦笑混じりに言う。

「申し訳ございません」

正直に言えば、あのまま一人で机に向かっていることが辛《つら》かったのだ。この執務室での護衛の時間に、夜会のときのことを含めてマティアスに報告する約束をしている。ギルバートはその能力と任務の特性上、元々一人で行動する時間は多い方だが、今回の件は本来なら他部署の領域だ。行動するためにはマティアスの許可が必要だった。

「終わらせてしまうから、少し待っていて」

マティアスはそう言って、止めていたペンをまた動かし始めた。ギルバートはその間に、これからのマティアスの予定に目を通す。しばらく無言のままそうしていると、マティアスが作業を止めないままおもむろに口を開いた。

「先日の夜会で、ソフィア嬢のことが多くの人に知れたようだね。何か変わったことはあったかい？」

新年を祝う夜会で、ギルバートはソフィアと想《おも》いを通わせた。普段あまり夜会に出席しないギルバートがソフィアをエスコートしていたことで注目を集め、更にソフィアの従妹であるビアンカと一悶着《もんちゃく》あったお陰で、その日のうちにギルバートの恋人がソフィアであると、皆に知れ渡ることになってしまった。

「そうですね……」

変わったことはたくさんある。ソフィアの存在が公になったことで、城内にギルバートの噂話《うわさ》が飛び交っていることもその一つだ。こんなに分かりやすく口の端《は》に上ることはこれまでに無かった。居心地悪い思いをすることはこれまでも多かったが、生温《なまぬる》い意味合いでの居心地の悪さを感じたのは最近が初めてだ。

また、邸にも変化があった。ギルバートがソフィアと過ごす時間が増え、使用人達が活気づいている。ソフィアは隠していたつもりだったようだが、密《ひそ》かにギルバートを想っていることは、使用人達に知られていたようだ。

その想いが成就したことと、数年間変化がなかったフォルスター侯爵家に新たに女主人を迎える未来が見えたことで、邸の雰囲気が目に見えて明るくなった。どうやらソフィアは知らぬ間に侯爵家の使用人を味方につけていたらしい。ギルバートにとっては、とても嬉しいことだった。

真摯な深緑色の瞳はいつも前を向こうと一生懸命で、柔らかな薄茶色の髪はさらさらとギルバートの指の間を擦り抜ける。その感触を思い出すと、思わず頬が緩んだ。

「その顔は、随分色々なことがあったようだね。君の場合、変化があるのは良いことだ」

マティアスは一見変化が無いギルバートの表情を正しく読み取り、とても面白いものを見たというように笑いを堪《こら》えている。ギルバートはその不本意な反応に、僅かに眉間に皺《しわ》を寄せる。

「――いいよ、話を聞こう」

一区切りついたのか、マティアスがペンを置き、書類を机の端に寄せた。ギルバートは気を取り直して口を開く。今日の本題はこれからだ。

「先日の夜会の件です。レーニシュ男爵夫妻ですが、違法商品の生産に関わっている可能性がありま す。半年ほど前に逮捕されたバーダー伯爵の子息とも、関わりがあったようです」

マティアスが息を呑《の》んだ。

「……っ。あれは人体に影響があるからと、国内での流通と生産は禁止している。――それが事実ならば、こちらではなく特務部隊の管轄ではないかな？」

バーダー伯爵の息子は、未だ牢の中だ。取引された違法商品は、使用することで強い快楽を得ることができ、興奮状態になる代わりに強い依存性があるという、麻薬の一種だ。これは生産方法が特殊で、普通に育てれば害の無い草を日光に当てずに育てることでその特性を得るという。生産場所が屋内になるため、発見が難しいと言われていた。

特務部隊の事件が関わっている以上、第二小隊が下手に手を出して双方の仲を悪化させることは避けるべきだった。第二小隊は、あくまで王太子であるマティアスの護衛と式典での補佐、マティアスの指示による一部の事件の捜査が主な職務だ。勿論《もちろん》他の隊の応援をすることもあるが、麻薬や外患誘致が絡んだ事件は原則として管轄外である。

ギルバートは魔法騎士でもあるが、そちらの職務は魔獣退治、災害救助、戦争時の軍事支援——どれも今回ギルバートが動く理由には当たらない。

「仰《おっしゃ》る通りです。ですが……」

ギルバートは唇を噛んだ。そうするべきだろうとは分かっている。最も平和的な解決方法だ。だがギルバートには、ソフィアのためにも特務部隊には任せたくない理由があった。

「……らしくないね、ギルバートが個人的な事件に執着するなんて。ソフィア嬢の血縁だからと情でも湧いたのかい？」

マティアスが軽い口調で言う。言葉に反して視線は鋭く、ギルバートを推し量るようだ。マティアスがこのような態度をギルバートに見せることは珍しかった。

レーニシュ男爵夫妻に情など無い。むしろソフィアに辛い思いをさせていた彼等は憎らしい相手だ。しかしギルバートは、ソフィアをこれ以上悲しませたくなかった。

「現レーニシュ男爵夫妻は、少なくとも五年以上前から犯罪に手を染めています。そしてそれは、かつての当主達には隠匿《いんとく》されていました」

ギルバートは正面から挑むようにマティアスを見た。マティアスが目を見開き、分かりやすく眉間に皺を寄せる。

ソフィアの両親が亡くなったのはソフィアが十二歳のとき、今から五年前のことだ。ソフィアの父親が当主だった頃から犯罪が行われていたのなら、ソフィアは重要参考人となる。それをソフィアに伝えるべきか、ギルバートはまだ決めかねていた。

特務部隊に全権を委ねた場合、前レーニシュ男爵夫妻の一人娘であるソフィアに、直接事情を聞きに行くだろう。治安維持という大義名分の下に様々な特権を得ていることもあり、特務部隊の事情聴取は他のどの隊より威圧的なことで有名だ。取り調べに協力することがあるギルバートは、その厳しさを、身をもって知っていた。たとえ相手が容疑者ではなくても、そのやり方は変わらない。

ギルバートの魔力を使って得た情報は、裏付けとなる証拠が無ければ逮捕にも裁判にも使えない。取り調べがソフィアにとって辛いものになることは、容易に想像できた。

「──私はこの事件を特務部隊に任せて、ソフィアを悲しませたくはありません」

「そうか……」

マティアスが呆《あき》れたように薄く笑って、溜息を吐《つ》いた。

「明日、また時間を取ろう。それまでに父上と話して方針を決めてくるよ。……確認だが、男爵は他の事件にも関わっている可能性があるのだよね？」

明言を避けたマティアスに、ギルバートは無言のまま頷く。マティアスが眉間の皺をより深めた。

「それならば第二小隊が捜査をしてもおかしくはない。心配することはない、悪い結果にはならないと思うよ」

「ありがとうございます」

口では礼の言葉を言いながら、ギルバートの心は全く晴れやかではなかった。可能ならば、ソフィアの耳に入る前に、少しでも早く事件を解決してしまいたい。

「それよりも、ギルバート。婚約おめでとう、先代侯爵夫妻もさぞお喜びだろう」

マティアスが、雰囲気を変えるように急に明るい声を出した。ギルバートはそれに反応し切れず、咄嗟《とっさ》に表情を消す。

「ありがとうございます。誓約はこれからですが。両親にも知らせを出しましたので、数日中には返事があるかと思います」

あの両親のことだから、きっと喜び騒ぐだろう。しかし正式に婚約をするためには証人が二人必要だ。ソフィアの親族が使えない以上、ギルバートの両親が賛成してくれねば困る。

「そうか。これをきっかけに、ソフィア嬢が少しでも前を向けると良いね」

マティアスの言葉には心からの親愛の情が滲《にじ》み出ていた。ギルバートもやっと表情を緩める。明日にならなければ何もできないが、それでも少しだけ希望が見えたような気がした。

◇　◇　◇

荷物を運び終えて数日が経てば、ソフィアも新しい部屋での生活に慣れていた。午前中に家庭教師から礼儀作法と学問を、午後にハンスからフォルスター侯爵家についての知識を教わっている。午前と午後には一回ずつ休憩の時間があり、カリーナとお喋《しゃべ》りをしたり、本を読んだりして過ごしていた。

ソフィアは知らなかったが、フォルスター侯爵家は国の東部に広い領地を持っていて、更にそれ以外にも過去の功績や婚姻等で得た領地が飛び地のようにあるらしい。土地が多ければその分学ぶことも多い。ソフィアは、ハンスから渡された特産の葡萄酒《ぶどう》について書かれた本をじっと睨《にら》むように読んでいた。

「ソフィア、そろそろ休憩の時間よ。もう一時間以上、その格好から動いてないわ」

カリーナが冗談めかした声をかけてくる。ソフィアは時間を確認して、読んでいた課題の本を伏せた。声をかけてくれて助かった。カリーナに言われた通り、すっかり身体が固まってしまっている。両手を組んでぐっと伸ばす。疲れた目をぎゅっと瞑《つぶ》ると、無意識に目尻が小さく震えた。

「うん。ありがとう」

「じゃあ紅茶淹《い》れるわね」

その言葉にソフィアは頷いて、右手の指を二本立てて笑う。カップを二つ用意してもらう合図だ。

「ねえ、一緒に飲まない？」

「あ、いいわね。ちょっとお喋りしましょ」

カリーナは嬉しそうに頷いて、すぐに紅茶の用意に取りかかった。

ソフィアは椅子から立ち上がり、窓の外を見る。葉を落とした木々が、しんしんと降る雪に晒《さら》されていた。外は北風が吹いているのか、時折剥《む》き出しの枝が揺れている。随分と寒そうだ。それでも枝が折れないのは、強い根と幹に支えられているからなのだろう。もう少しすれば、積もった雪が木々に白い花を咲かせるはずだ。

「ソフィア、お待たせ！」

そのまま何となく外を見ていたソフィアは、カリーナに呼ばれて振り返った。ティーテーブルには二つのティーカップとポットが置かれている。更に中央には小さな焼菓子もあった。

「ありがとう。焼菓子も？」

「うん。料理長がソフィアに持ってけってさ」

二人向かい合って椅子に座り、紅茶を口に運ぶ。たわいのないお喋りが楽しくて、あっという間に焼菓子は無くなり、紅茶は二杯目になっていた。

ソフィアはぐっと唾を呑み込んだ。話そう話そうと思いながらも、話せずにいたことがある。カリーナには、まだソフィアに魔力が無いことを伝えていなかった。

カリーナが、魔力の有無で差別するような人ではないということは、とっくに分かっていた。このフォルスター侯爵家で働く使用人の中に魔力による差別意識を持つ人間はいないだろう。当主であるギルバート自身が、強大過ぎる魔力で恐れられており、同時に不便な暮らしを強いられているのだから。

ソフィアは思い切って口を開いた。

「――あのね、カリーナ」

「何？　どうかしたの」

大丈夫。カリーナは、そんなことでソフィアから離れたりしない。分かっていても、ビアンカからかつて浴びせられた罵倒の言葉が脳裏をよぎり、声が震えた。

「私ね……魔力が無いの」

カリーナがこれからもソフィアの側にいてくれるのなら、侍女として仕えてくれるのなら、隠してはいられないだろう。誰かに言われて知られるくらいなら、自分で伝えたかった。

「……え？」

「魔力が無いの。これまで黙っていて、ごめんなさい」

　同じような人がどれだけいるのだろう。世間に認知されていないということは、ほとんどいないと考えて間違いない。カリーナに隠していたのは、言い辛かったからだけではない。知られて、距離を置かれるのが怖かったからだ。信じられない話だと、疑われるのも怖かった。

　カリーナは目を見開いて、ソフィアの顔をじっと見ている。何かを探るような目だ。ソフィアは判決を待つ被告人のような心持ちで、カリーナの次の言葉を待った。

　カリーナは何度か口を開こうとして言葉を呑み込んでを繰り返している。それでもしばらくして、ソフィアの目を正面からまっすぐに見た。

「そんなこと……信じられない、って言いたいけど。でもそう考えると、全部納得できるわ。ソフィアがギルバート様を怖がらなかったこととか、仕事が旧道具の掃除とか。──それに、ソフィアは嘘《うそ》を吐いてないもの」

　そうして、心配いらないと言うようにからっとした笑顔を浮かべる。ソフィアはやっと安心して、肩の力を抜いた。変わらない態度が嬉しかった。

「カリーナ……ありがとう」

「だけど、これまでよく黙ってたわね。他に誰が知ってるの？」

「えっと、ギルバート様と、ハンスさんと、メイド長」

「それだけ⁉　貴女《あなた》、それで今日までよくやってこられたものね。色々不自由じゃない？　お風呂とか……ああっ！」

　カリーナは何かに気付いたように声を上げた。僅かに頬が染まっているところから思うに、きっとソフィアがギルバートの部屋に毎晩行っていた理由に思い当たったのだろう。その場所ならば魔道具はないことを、この邸にいる者は皆知っている。

「うん、ごめんね」

思わず目を伏せる。しかしカリーナは構わないとばかりにソフィアの肩を優しく叩いた。

「別に今更そんなこと知ったって、ソフィアのことを嫌いになるはずないわ。気にし過ぎよ。でも、何か困ったことがあったら……私のこと、いつでも頼ってね」

そういえば、庭の花がね。カリーナはぱっと笑顔を作って、何でもないことのように話題を変えてくれた。その心遣いが嬉しくて、ソフィアはカリーナのことがまた好きになる。こんなに素敵な友人ができたこの家にいる幸運に感謝した。

お喋りをしていると時間が経つのはあっという間だ。休憩する前と比べて、部屋に差し込む日差しの角度も変わってしまっている。そろそろ勉強に戻らないといけないだろう。ソフィアがそう思った頃、外から複数の馬の蹄《ひづめ》の音がした。しばらくすると急に階下が騒がしくなる。ソフィアがいる客間まで、その音は届いた。

「——どうしたのかしら?」

「まだギルバート様が帰ってくる時間ではないはずだけど……」

ソフィアはカリーナと顔を見合わせ、首を傾《かし》げる。ただの来客に侯爵家の使用人が調子を崩すこともないだろう。

「ちょっと様子を見てくるわね」

カリーナが部屋を出て行ったが、すぐに駆け足で戻ってきた。少し息が乱れているから、きっと廊下を走ったのだろう。

「何があったの？」

「ソフィア、すぐに着替えて！　大旦那様と大奥様がいらっしゃったわ！」

「大旦那様と大奥様……？」

つまりギルバートの両親だ。騎士職で王都から離れられないギルバートの代わりに、領地経営をしているのだと聞いていた。今は東部の領地で暮らしていたはずだ。ギルバートから正式な婚約をしたいと書いた手紙を出したことは知らされていたが、こんなにすぐに訪ねてくるとは聞いていない。

今ソフィアが着ているのは、男爵家から持ってきたシンプルなワンピースだ。カリーナがどんなに飾ろうとしても、元の着数が無ければどうにもならない。それでも誰にも会わないからと、納得させて着ていたものだった。

カリーナが慌てて衣装部屋に走っていく。衣装部屋と言っても中はすかすかで、選択肢があるわけでもないのはソフィアも分かっていた。唯一ソフィアがフォルスター侯爵家で来客対応できそうな服は、一着しかない。

ソフィアの予想通り、カリーナが星空模様の青色のワンピースを持って戻ってきた。以前ギルバートから贈られてから、もったいなくて着られずにいたものだ。

「とりあえずこれ着て。髪はそのままで大丈夫だから！」

「う、うん」

カリーナに急《せ》かされるがままに、ソフィアは着替えて軽く化粧をした。これからギルバートの両親に会うと思うと、緊張で鼓動が速くなっているのが分かる。何を言われるだろうかと、不安で仕方なかった。ギルバートは、まだ王城から戻っていない。二人の婚約の知らせを受けて来てくれたのだとしたら、応対するべきはソフィアだ。しっかりしなくては。

「ソフィアさん、サルーンに来ていただけますか？」

支度が終わってすぐ、タイミングを見計らったかのようにハンスが扉越しに声をかけてきた。

「はい、すぐに参ります……っ！」

ソフィアは慌ただしく部屋を出た。カリーナが少し後ろをついてきてくれていることが心強い。

サルーンに続く階段を下りると、そこは騒《ざわ》めきの中心だ。シンプルだが上質なワンピースドレスに身を包んだ銀髪の迫力ある美女と、優しげな面立ちの上品な紳士が、複数の使用人を連れている。その背後では、玄関から大小様々な箱が次々と運び込まれていた。この二人が、ギルバートの両親だろう。

ソフィアは急いだせいで僅かに乱れた衣服を整え、姿勢を正した。

「大旦那様、大奥様。彼女がソフィアさんです」

ハンスの声に応えて、できるだけ優雅に見えるように一礼する。視線が刺さるようで落ち着かないが、ぐっと堪えて微笑みを浮かべた。

「――ソフィア・レーニシュと申します。はじめまして。お世話になっております」

緊張しながらも顔を上げて、二人に順に目を合わせていく。表情が強張《こわば》らないようにするのに必死だった。

ギルバートと同じ髪色の美女――先代フォルスター侯爵夫人であるクリスティーナが、ソフィアでは転んでしまいそうな細いヒールをかつかつと鳴らして近付いてくる。何を言われるだろうかと身構えたソフィアは、次の瞬間、爛々《らんらん》と輝く瞳を向けられ、その見た目に反して強い力でがっと両手を掴《つか》まれた。

「貴女がソフィアちゃんね？」

クリスティーナがぐっと顔を近付けてきた。距離を詰められると、迫力がある分少し怖い。

「あ、あの」

「ソフィアちゃんよね!?」

更に顔を寄せられ、ソフィアは目を白黒させた。口付けでもできそうな距離だ。慌てて一歩引いて距離を取って、どうにか体勢を整える。

「はい。私がソフィアでございます……っ」

何か言われたり、怒られたりするだろうか。ソフィアには、まだ初対面の人との距離感がよく分からない。思わずちらりとカリーナに目を向け、助けを求めようとした。しかしカリーナは二人に会ったことがあるようで、優秀な侍女らしく微笑みを崩さないまま控えている。

ソフィアは感心した。今のソフィアは、カリーナのように上手に動揺を隠すことができない。

「貴方《あなた》っ、ギルバートがやったわよ！　ついにこんなに可愛《かわい》い子を……！」

次の瞬間、ソフィアはクリスティーナの腕の中にいた。華やかな女の人らしい匂いがして、柔らかな感触に顔が熱くなる。抱き締められているのだと認識した頃、先代フォルスター侯爵であるギルバートの父――エルヴィンがゆったりと口を開いた。

「いや、あいつは結婚しないだろうと思っていたよ。良かったね、ティーナ」

「本当よ！　しかもあの子、女の子の趣味も悪くないわ！」

クリスティーナが抱き締めていた腕を外し、ソフィアの肩を掴んだ。ギルバートが屈託なく笑ったらこうなるだろうと思われる美しい笑顔で、頭の先から足の先までまじまじと観察するように見つめられる。ソフィアは圧倒され、目のやり場が分からないままでいた。

良い人そうではある。歓迎も、されているようだ。

「ああ。驚かせてごめんね、ソフィアさん。ギルバートが、結婚したい女性がいると言うものだから嬉しくて。すぐに会いに来てしまったよ」

「――せめて連絡をお入れくださいと、いつも申し上げておりますよね、大旦那様」

にこにこと話すエルヴィンに口を挟んだのはハンスだった。執事頭としては、当然の抗議だろう。

エルヴィンはステッキで床を軽く二回叩き、くつくつと笑った。

「今回は、ちゃんと手紙も出したよ。そろそろ届くのではないか？」

まさに話の途中で、玄関からメイドが駆け足で手紙を持ってきた。ハンスが受け取り、その場で文面を確認し小さく嘆息する。

「可能でしたら、次からは手紙より後に来てくださいませ」

「善処しよう」

エルヴィンもまた、随分愉快な性格のようだ。予想していたよりもずっと明るい二人にソフィアは安心した。ハンスも含め、先程から振り回されてはいるが、怒られたりすることはなさそうだ。ソフィアのことも好意的に受け止めてくれているようだった。

「ねえ、ソフィアちゃん。色々聞かせてくれる？　お話しできるのを楽しみにしていたのよ」

淡い紫色の瞳を輝かせるクリスティーナが、ソフィアの手を引いて邸の奥へと歩き出した。ソフィアはされるがままついていくことしかできない。

「えっ？　あの、私……」

「どうせギルバートが帰ってきたら怒られるんだもの。それまで良いじゃない」

怒られると分かってやっているのか。確かにギルバートの引き攣《つ》った表情が予想できる。

着いた先はソフィアも何度か入ったことがある応接間だった。すぐに向かい合ってソファに座らされ、惚《ほう》けている間にパーラーメイドによって紅茶が用意される。

「急にごめんなさいね。でも、ギルバートはきっとこのまま独り身でいるのだと思っていたから、やっぱり親としては嬉しいのよ。ほら、あの子ちょっと変わった力があるじゃない？　昔から怖がられることも多かったから、ちょーっとだけ歪んじゃって」

クリスティーナは一気に話して、それまでの勢いが嘘のように優雅に紅茶を口に運んだ。少し俯《うつむ》きがちに飲む所作がギルバートに似ていて、そんなところでも親子であると分かる。そもそも年齢不詳の迫力美女であるというだけでも、ギルバートの母親だと否応なく認識させられるのだが。

「い、いえ。あの、ギルバート様はとてもお優しいです……」

恥ずかしくて少し目を伏せる。少なくともソフィアには、ギルバートはいつも優しく紳士的で、歪んでいるなどと思うことはなかった。

クリスティーナはふわりと微笑みを浮かべる。

「ふふ、それはね。ギルバートもきっと好きな子の前では格好をつけたいのよ。——じゃあ、本題に入りましょうか。ソフィアちゃん、貴女に聞きたいことがあるの」

やはり何か目的があって二人きりにさせられたのだろうか。クリスティーナはギルバートの母親だ。

ソフィアは何を聞かれても嘘を吐かないようにしたいと、覚悟を決めた。


「まあぁ！　それでどうしたの？」

クリスティーナが興味深げに手を組み、表情をころころと変えている。ソフィアは赤くなる頬を手で押さえた。

「ええと」

「それで、そのハンカチはギルバートに渡したのよね。ふふ、あの子ったら、絶対それ、ずっと持ち歩いてるわよ。小さい頃から、お気に入りは肌身離さずの子だったもの！」

クリスティーナがソフィアに聞いてきたのは、ギルバートとの馴れ初めだった。出会いから始まり、デートで行った場所や、プロポーズの言葉。カリーナにしか話したことのないそれらを、より深く、根掘り葉掘り聞かれたのだ。ソフィアの魔力に話が及んでも何でもないことのように興味を向けず、本当にひたすら二人のことばかり聞きたがった。

あまり詳しく話すのはギルバートに悪い。何より、ソフィアが恥ずかしかった。どこまで話せば良いか探りながら、慣れない会話に必死だ。

「そうでしょうか……？」

「あら、当然じゃないの。ソフィアちゃんはギルバートにとって特別だもの」

いつの間にか紅茶が注ぎ足されている。どれくらいこうしているだろう。窓の外は少しずつ暗くなってきていた。ギルバートが帰ってくるまで、まだかかるだろうか。

どうにも居《い》た堪《たま》れない気持ちで、ソフィアは苦笑した。

「——母上、何をしているのです」

こんこんと軽い音がして入口の方から聞こえてきた声に、ソフィアははっと振り向いた。聞き慣れた声に、ソフィアの緊張が解れていく。

「ギルバート様？」

そこにいたのは、まさに話題の中心であるギルバートだった。普段の帰宅時間より随分と早い。ソフィア一人では心細く、早く帰ってきてほしいとこっそり願っていたことが通じたのだろうか。

「あら、ギルバート。早かったのね」

「貴女方がいらしたと聞いて帰ってきたのです。あまりソフィアを虐《いじ》めないでもらえますか」

無駄の無い動きで歩いてきたギルバートが、ソフィアの隣で立ち止まる。心配してくれているのだろう。眉を下げ、ソフィアの表情を窺《うかが》っている。

「……私は大丈夫です。あの、おかえりなさいませ、ギルバート様」

上手《うま》く笑えていただろうか。やっと気が緩んで、ソフィアは深く息を吸った。ギルバートがソフィアからクリスティーナへと視線を動かす。

「本当よ、虐めたりなんてしていないわ？　ただ色々とお話を聞いていただけ。ねえ、ギルバート。ソフィアちゃんのこと、随分と可愛がっているらしいじゃない！」

だってこんなに愛らしいものね、分かるわ、と言葉を続けるクリスティーナに、ギルバートは困ったように表情を消した。

「それは……」

ギルバートが言葉に詰まる。クリスティーナはそれを見て、楽しそうにくすくすと笑った。

「あら、褒めてるのよ？　好きな子を大事にできるのは素敵なことだもの」

「ありがとうございます。ハンスから聞きましたが、また連絡無しでいらっしゃったそうですね」

ギルバートが表情を動かさずに淡々と告げる。

「こちらにも準備が必要ですと以前にも申し上げたはずですが」

「……何よっ。手紙を読んで、すぐにでも婚約させてあげようと思って来たのよ。感謝してほしいくらいだわ！」

ソフィアはその言葉に驚いた。

「婚約のため、ですか……？」

まさかソフィアのために、エルヴィンとクリスティーナは急いで王都にやってきたのか。冷静に考えれば息子であるギルバートの婚約に立ち会うのも、早く相手を見たいと思うのも親として当然の感情なのだが、なんだか畏れ多い気がする。

「ええ、ソフィアちゃん。私達は貴女の味方だから安心してね。誓約書を作りたいってギルバートから手紙が届いたから、大急ぎでお土産いっぱい積んで来たのよ！」

「でしたら、そろそろその土産を片付けてください。中身が分からない物があると、父上が困っていました」

ギルバートが溜息混じりに言った。クリスティーナはそれを聞いて、ぱっと立ち上がる。

「そうよ、お土産！　ソフィアちゃんにもあるのよ。このために、ハンスに採寸表を送らせたんだから！」

「――大奥様？」

採寸表とはどういうことだろう。ソフィアは困惑して首を傾げる。

「やだわ、そんな他人行儀なの。お義母様《かあ》って呼んで頂戴。私、可愛い娘も欲しかったのよ」

「お、お義母様……ですか？」

ソフィアが遠慮がちにそう呼ぶと、クリスティーナはソフィアの両手を思い切り握り締めた。その顔には満面の笑みが浮かんでいて、ソフィアは太陽のようなそれに思わず見惚《みと》れてしまう。

「ええ、嬉しいわ。じゃあまた後でね」

クリスティーナが手を振り、応接間を出ていく。ソフィアはその背中に慌てて一礼した。代わりにギルバートが一度嘆息して、ソフィアの隣に腰を下ろす。安心とときめきで、心臓が高鳴った。

「遅くなってすまなかった」

ギルバートは黒い騎士服姿で、少し髪が乱れている。本当に急いで帰ってきてくれたのだろう。温かい手が伸ばされて、そっとソフィアの後れ毛に触れた。

「いいえ、帰ってきてくださってありがとうございます。あの……素敵なご両親ですね」

「悪い人達ではない。だが疲れただろう、ソフィア。ありがとう」

「いいえ、そんなことは」

ソフィアは微笑みを浮かべ、自身の髪を弄んでいるギルバートの手に触れた。そっとその手を外そうとするが、ギルバートが反対側の手をソフィアの腰に回してくる。

近付く距離を想像して、ソフィアの頬が染まった。

「――ギルバート様、ソフィア様」

控えめに扉が叩かれた。廊下から、ハンスが呼んでいる。ソフィアまで様付けで呼ばれているのは、エルヴィン達がいるからだろうか。

ギルバートがちらりと扉に目を向け、名残惜しそうにソフィアから手を離した。ソフィアは触れ合わなかった身体を残念に思ったことが恥ずかしく、手で頬を押さえて火照りを落ち着けようとする。

そうしている間に、ギルバートはハンスを入室させ、会話を済ませていたようだ。気付けば、ハンスがメイドにソフィアの前のティーカップを片付けさせていた。

「あ……ごめんなさい」

頭を下げると、ハンスが首を左右に振る。謝罪するのは正しくなかったようだ。

「ソフィア様、今日はギルバート様と大旦那様と大奥様と一緒に、四人で食事をしていただくことになりました」

「え、私もご一緒するのですか？」

「はい、大旦那様と大奥様が是非にと仰っていますよ。それと、お二人からソフィア様へのお土産ですが」

さっきクリスティーナはソフィアへも土産を買ってきたと言っていた。到着したときに運び込まれた荷物がとても多かったことを思い出すと、少し怖くなる。

「全て服と小物でしたので、お部屋に運んでいます。今カリーナに開けさせていますので、食事にはどれかを選んで着てきてくださいね」

「――どれか、って。あの、そんな……私、戴《いただ》けませんっ」

一着ではないのか。ハンスの口振りからすると、数が多そうではある。申し訳なくて首を竦《すく》めたが、ギルバートは隣で納得したように頷いた。

「そうか。私もソフィアの服は増やしたいと思っていた。母上には礼を言わねば」

「そうですね。トランクに入る量しか荷物が無いのでは、いつ逃げられてしまうか分かりませんから」

冗談めかして言うハンスにギルバートが顔を顰《しか》める。ソフィアは申し訳なくて居た堪れない気持ちになった。ギルバートが気付いて、ソフィアの頭をぽんぽんと軽く叩くように撫でる。

「私が一緒に買いに行くつもりだったが、仕方ない。部屋に戻って着替えてくると良い」

「ですが」

クリスティーナが選んでくれた服が、安物のはずがない。軽い気持ちで受け取れるものではない。躊躇するソフィアを、ハンスが正面からまっすぐ見つめた。そして、言い聞かせるようにゆっくりと話す。

「ソフィア様、受け取らない方が失礼です」

「はい。……では、着替えて参ります」

ソフィアはおずおずと頷き、慌ててその場を離れた。土産物に数があるのなら、急がなければカリーナが大変だろう。夕食の時間まではまだ一時間程あるが、着替えて準備をしていたらあっという間だ。

ソフィアは駆け足にならないぎりぎりの速さで階段を上り、自室の扉を叩いて中に入った。そこには空き箱が山になっていて、思わず息を呑む。

「ソフィア！　これすごいわよ。どうしましょう、今日の服はどれが良い？」

カリーナが部屋の奥から熱っぽい声をかけてきた。ソフィアはカリーナに呼ばれて移動した衣装部屋の前で目を見張る。

そこに並んでいたのは色とりどりの洋服だった。先程まですかすかだったのが嘘のようだ。二十着以上はあるだろう。ワンピースとドレスだけでなく、ケープやコートもある。ストールも数種類あり、床には靴が並べられていた。ソフィアはその数と華やかさに驚き、呆然《ぼうぜん》と立ち尽くした。

食事で着る服は、たくさんの服に囲まれて決められないでいたソフィアの代わりに、カリーナが選んでくれた。袖がふわりと広がっていて、袖口とスカートの裾からは同色のレースが覗いている桃色のワンピースだ。明るい色の服を着るのはあまり慣れていなかったが、可愛いと言って送り出してくれたカリーナを信じて前を向いた。

食堂に入ると、ソフィア以外の三人は既に集まっていた。選ぶのに時間がかかって、待たせてしまっただろうか。ソフィアは姿勢を正し、腰を折った。

「お待たせ致しました」

「いや、話があっただけだ。ソフィアは気にしなくて良い」

ギルバートが立ち上がって、ソフィアを席までエスコートしてくれる。まだ慣れないながらも従って、それまでギルバートが座っていた席の隣に腰を下ろした。向かいの席のクリスティーナが、ソフィアの姿を見て微笑む。

「まあっ、早速着てくれたのね。よく似合っているわ」

クリスティーナが声を弾ませ、その隣に座っているエルヴィンも数回頷いている。恥ずかしかったが、こんなに喜んでくれるとは思わなかった。まだ不安な気持ちは消えないけれど、二人の反応にソフィアも嬉しくなる。

「あんなにたくさんのお洋服、いただいて良かったのでしょうか」

「良いに決まっているわ！　私、選ぶのが楽しくて仕方なかったのだもの」

「……ありがとうございます。あの、こういう色の服はあまり着慣れていなくて……似合って、いるでしょうか？」

繊細なレースと、柔らかな素材。こんなに素敵なワンピース、ソフィアよりもずっと可愛らしい令嬢を想像して選んでいたのかもしれない。自信が持てず、上目遣いにクリスティーナを窺った。

クリスティーナは仕方がないというように苦笑した。

「ギルバート、母の見立てはどうかしら？」

「素晴らしいですね。この色をソフィアが着るのは見たことはありませんでしたが、もっと早く着せるべきでした」

ギルバートは全く表情を変えないまま、クリスティーナにそう言った。ソフィアはその言葉の意味を反芻《はんすう》して恥ずかしくなる。可愛らしい色に気後れしていたが、杞憂《きゆう》だったようだ。

「そういうのは、ソフィアちゃんに直接言ってあげなさい！　私に言ってどうするのよっ」

クリスティーナに言われ、ギルバートがソフィアを見る。

「可憐《かれん》で、花が咲いているようだ。よく似合っている」

「──……っ、あ……りがとう、ございます」

あまりに正面からはっきりと言われ、ソフィアは狼狽《うろた》えてしまった。堪えていたのに、顔が熱くなっていくのが分かる。

ギルバートはいつだってそうだ。ソフィアの不安も弱さも、全部包み込むように温かい言葉をかけてくれる。そしてそれは、いつだって本心なのだ。他人の嘘を何度も見てきているからだろうか、ギルバートがソフィアに向ける言葉には、嘘が無い。

「ふふ。ソフィアちゃんったら、照れちゃって可愛いわね」

「ギルバート。私達もいるのだから、少し控えてくれるかな」

クリスティーナとエルヴィンが顔を見合わせて笑っている。

「も、申し訳ございませんっ」

「ソフィアが謝ることはない」

咄嗟に謝罪の言葉を口にすると、ギルバートがそれを否定した。

「そうよ、ソフィアちゃんは悪くないわ」

「……母上が言わせたのでしょう」

言葉だけは冷静に言い返したギルバートは、ソフィアがこれまでに見たことのないような拗《す》ねた表情をしている。それがなんだか可笑《おか》しくて、ソフィアの顔も思わず綻ぶ。

「そうね。笑っていた方が、ずっと可愛いわ。ソフィアちゃん、ずっと笑っていたら良いと思うの」

クリスティーナが言う。瞬間、ソフィアは、優しくて明るいクリスティーナと見守るような暖かい雰囲気を持つエルヴィンがギルバートの両親なのだと、ふっと理解した。


雑談を交えた食事を終えた後、ソフィアは応接間へと呼び出された。応接間は魔道具の明かりで、夜とは思えないほどに煌々《こうこう》と照らされている。室内には先にエルヴィンとクリスティーナがいて、テーブルの上には上質な紙が二枚とペンが置かれていた。

「ソフィアさん、遅い時間にありがとう」

エルヴィンが自然な微笑みで言う。ソフィアもまた、それに笑みを返した。机の上の紙とペンが、呼び出された理由を否応なく突きつけてくる。緊張が表情に出てしまっていないだろうかと不安になった。

「いえ、私の方こそありがとうございます」

これはギルバートとソフィアの婚約のための場だ。華やかなシャンデリアの魔道具の明るさは、ソフィアにはあまり馴染み深くなく、妙に神聖な雰囲気がある。

すぐにギルバートもやってきた。まだ着替えをしておらず、騎士服姿のままだ。ソフィアはその服装のギルバートが好きだった。ギルバートの私室で語り合うときの部屋着も大人っぽくてどきどきするが、騎士服姿はまるで仕事中の姿を垣間《かいま》見ているようで、どうしても側にいると落ち着かなくなる。

「父上、母上。今日はありがとうございます」

ギルバートが礼儀正しく頭を下げる。エルヴィンが首を左右に振った。

「いや、構わないよ。――ソフィアさんも、後悔はないね？」

ギルバートが左手でソフィアの右手を握る。

「ソフィア」

大好きな声で名前を呼ばれ、ソフィアは最後の躊躇いを取り払った。ギルバートを見上げて一度頷く。繋いだ手を小指からゆっくりと解いて、ソフィアはテーブルへと歩を進めた。誓約書には既に、立会人としてエルヴィンとクリスティーナの署名が入っている。

「はい、後悔はありません。私はこの先……ギルバート様のお側にいられるように、頑張ります。お義父《とう》様、お義母様。証人になってくださり、認めてくださり――ありがとうございます」

ペンを手に持ち、ソフィアは署名欄に名前を書き入れた。

ソフィア・レーニシュという名前を、あとどれくらい名乗るのだろう。

今のレーニシュ男爵家は、叔父と叔母、そして従妹のビアンカのものだ。ソフィアにとっては両親との思い出のある大切な故郷だが、きっと当時とは様々なことが変わってしまっているだろう。心残りは、両親の墓参りを一度しかできなかったことだ。二年目以降は、叔父母は墓参りなどすっかり忘れていて、一人で男爵邸を抜け出しても、代々の領主の墓がある丘までは辿《たど》り着けなかった。

それでも、せめてこれからソフィアが幸せになることで、亡き両親も安心してくれるだろうか。信頼できるギルバートと共にこの先の明るい未来を見ることを、許してくれるだろうか。

「――ギルバート様」

ソフィアはペンをギルバートに手渡した。ギルバートはそれを受け取ると、迷いの無い所作ですらすらと署名していく。

「ソフィアを幸せにする。約束しよう」

ギルバートの言葉にも文字にも、迷いは一欠片《かけら》も窺えない。

ソフィアはその筆跡がいつか貰ったカードと同じだと、口には出さずに思った。侯爵邸に来たばかりの頃、部屋に置かれていたカードが直筆だったのだと、今になってまざまざと思い知る。

「ギルバート、婚約おめでとう。結婚式はどうするんだ？」

エルヴィンが二枚の完成した婚約誓約書を満足げに見つめながらギルバートに問いかけた。それぞれを丸めて、革紐《かわひも》で縛っていく。

「次の春にと考えています。叶《かな》うなら、領地の教会で、と」

「まぁ！　貴方が言うのならあの教会ね。あそこは、春は特に綺麗《きれい》だものねー。きっとソフィアちゃんも気に入ると思うわ！」

クリスティーナが笑みを浮かべて頷く。ソフィアはギルバートの言う教会がどこだか分からずに、首を傾げた。

「お前にも見せたいと思っていた場所がある。ソフィアが嫌でなければ、そこが良いと思っている」

ギルバートがソフィアの表情を窺うように覗き込む。結婚式の場所を勝手に決めていたことに罪悪感があるのだろうか。

しかしソフィアには親しい友人もカリーナの他になく、逆に王都の中心で盛大に行うのは躊躇われた。それよりも、ギルバートが綺麗な景色をソフィアと共に見たいと思ってくれていることが嬉しかった。領地と言ったのも、ソフィアを思い遣ってのことだろう。そう考えれば、自然と笑顔になっていく。

「はい、どちらへでも参ります。……ギルバート様、ありがとうございます」

「そうか」

ギルバートもまた甘く微笑む。クリスティーナが驚いたように目を見張って、何も言わずにエルヴィンへと視線を送った。エルヴィンが口を開く。

「ソフィアさん、これが貴女の分の誓約書だよ」

丸めて縛られた紙が渡された。厚みのある紙が、ソフィアの手の中でその存在を主張している。今度こそ絶対に破棄させたりしない。ソフィアはそれを胸元へと引き寄せ、優しく抱き締めた。

「私を受け入れてくださって、ありがとうございます。期待に応えられるように、頑張ります」

「ソフィアちゃん。私達が期待しているのは、ギルバートを好いて、側にいてくれることだけよ」

気負って言ったソフィアに、クリスティーナが柔らかな声音で言う。顔を上げると、エルヴィンがギルバートの分の誓約書をしまっていた。きっとそのまま領地に持ち帰るのだろう。

「――はい。それでしたら、自信があります。ギルバート様のことは私、きっと……ずっと、大好きです」

ソフィアがこれまで口にしたことのない強い言葉だった。滲んでいく視界の中、クリスティーナが頭を撫でてくれる。その暖かさがまるで本当の母親の優しさのようで、ソフィアは溢れてしまいそうになる涙をぎゅっと堪えた。

2章　令嬢は黒騎士様に会いに行く

「ギルバート、本当にこの人員で良いんだな？」

アーベルが念を押す。

「はい、ありがとうございます」

「今は大きな事件を抱えているわけでもない。お前達が抜けるのは痛いが、三人分くらいどうとでもなるさ。そんなに気にするな！　それより、今回はお前の猫のことだろう。気をつけてやれよ」

ギルバートはその言葉に、気を引き締めて頷《うなず》いた。

マティアスに頼んだ通り、特務部隊と第二小隊の合同捜査は実現した。第二小隊からギルバートの他にケヴィンとトビアスの二人と、特務部隊から四人。今日は最初の会議である。

会議室へと移動しながら、ケヴィンがぼやく。トビアスが小さく溜息《ためいき》を吐《つ》いた。

「僕、特務って苦手なんですよねー。なんか偉そうじゃないですか？」

「それ、特務の前では絶対に言っては駄目ですから」

「分ぁかってるって。トビアスは本当、真面目だよねー」

ケヴィンがけらけらと笑う。

ケヴィンとトビアスは、剣を持たせると素晴らしい連携をするのだが、性格は全く違う。それどころか、お調子者のケヴィンと真面目なトビアスは、仲良くしているのが不思議だと第二小隊の隊員が口を揃《そろ》えるほどだった。

しかし上手《うま》くやっているのは、トビアスに世話を焼かれることを、ケヴィンが嫌がっていないからだろう。同時に、トビアスが真面目故に口にできないことをケヴィンが言ってしまうからかもしれない。

ギルバート達が会議室に着いたときには。既に特務部隊の四人が席についていた。

「フォルスター侯爵殿、お待ちしておりました」

近衛騎士団特務部隊隊長代理のフェヒトが、立ち上がって一礼する。隊長代理と言っても、特務部隊の隊長は国王の側近《そば》くにいつも仕えているので、実際の隊の指揮権は隊長代理であるフェヒトに一任されていると聞いている。微笑みを貼りつけた顔で、銀縁の眼鏡が照明を受けてきらりと光った。

「お待たせして申し訳ございません」

ギルバートが謝罪し、会議室の椅子に座る。ケヴィンとトビアスもそれに続いた。

「いえいえ、侯爵殿はお忙しいのでしょうから。こちらといたしましては、ご協力いただけるようで何よりですよ」

婉曲《えんきょく》な表現をしてはいるが、つまりフェヒトは第二小隊が自分達の領分を侵すことが気に食わないのだ。あくまで特務部隊の事件に第二小隊が協力するという形を崩したくないのだろう。

フェヒトを含め、特務部隊の面々は、ギルバートのことを『フォルスター侯爵殿』と呼ぶ。勤務中に貴族階級を持ち込みたくないギルバートにとって、非常にやりにくい相手だ。しかしソフィアの生家であるレーニシュ男爵家の事件ならば話は別だ。上手く付き合っていく必要がある。

ギルバートの視界の端で、ケヴィンが不服そうに眉間に皺《しわ》を寄せている。あまり分かりやすい表情をするのは良くないと、後で伝えるべきか。

「今回の事件については、合同捜査を承知してくださりありがとうございます。よろしくお願い致します」

「私共としても、侯爵殿の力をお借りできるのは心強いことですので、お気になさらないでください。では早速、事件についてですが」

フェヒトはこれまでの捜査の成果について語り始めた。

ギルバートが予想していた通り、特務部隊はバーダー伯爵の息子の事件から、レーニシュ男爵であるソフィアの叔父と繋《つな》がっていると気付いたらしい。違法商品の生産がレーニシュ男爵領内で行われていると推測し、現時点で男爵領に数人の捜査員を潜入させているそうだ。

「――ですが、未《いま》だその生産拠点は発見できていない状況です」

フェヒトはそう言って、話を締め括《くく》った。代わりにギルバートが口を開く。

「以前レーニシュ男爵と会話をした際、違法商品の生産風景を見ることができました。男爵が関わっている……いえ、生産を主導しているのは、間違いありません」

会議室が騒《ざわ》ついた。特務部隊だけでなく、ケヴィンとトビアスも驚いた顔をしている。

「その場所はっ!?」

特務部隊の隊員の一人が、机に両手をついて前のめりに聞いてくる。しかし、ギルバートは首を左右に振って否定の意を示した。

「いいえ、場所までは特定できていません」

フェヒトはふんと鼻を鳴らして、口角は下げないまま切れ長の目でギルバートを睨《にら》む。

「それで、侯爵殿は何故《なにゆえ》我々との合同捜査を望まれたのでしょう。この事件、第二小隊の出る幕は無いのではないですか？　恋人の親族に関わることだから、などというくだらない理由でしたら、邪魔をしないでいただきたい。――なんとも、貴殿らしくない理由だとは思いますが」

ソフィアのことを言われるのは覚悟していた。しかし、こうも正面から嫌みを言われると腹立たしく感じてしまう。ギルバートは一度深く呼吸をして、もやもやとした感情を消化してから口を開いた。

「レーニシュ男爵には、別の事件の容疑もあります。捜査を行うのであれば、同時に進めた方が効率が良いかと」

努めて冷静な口調を心掛けているギルバートに対し、フェヒトは未だ優位に立っていることを確信している余裕の笑みだ。

「それで、その容疑とは何なのでしょう」

それが、ギルバートがソフィアに伝えることを躊躇《ちゅうちょ》する一番の理由だった。あの儚《はかな》く可愛《かわい》らしい令嬢の森のように澄んだ深緑の瞳が、曇ってしまうことが怖い。

この後にギルバートが発した言葉で、会議室の空気は凍りついた。

◇　◇　◇

「ソフィアちゃん、今良いかしら？」

エルヴィンとクリスティーナがフォルスター侯爵家のタウンハウスにやってきてから、もう二週間になる。滞在予定は一ヶ月間だと聞いていた。二人はこれまで領地にいた分を取り戻すように、王都で社交に精を出していた。

「はい、お義母様《かあさま》」

カリーナが扉を開けると、クリスティーナはすぐに部屋に入ってくる。ソフィアは読んでいた本を閉じ、ペンを机に置いた。

「あら、お邪魔しちゃったかしら」

「いいえ、大丈夫です。それで、あの……」

ソフィアはクリスティーナが出掛けるとき、何度か連れ出されていた。それはクリスティーナの友人だという貴族の邸《やしき》や、商業地区だったが、魔力が無いソフィアに不自由が無いよう気遣ってくれて、楽しい外出になった。

そのときもクリスティーナはこうしてソフィアの部屋を訪ねてくれた。今日も、どこかに出掛けるのだろうか。

「実はね、今日はソフィアちゃんにお願いがあるの」

「お願い、ですか？」

ソフィアが首を傾《かし》げると、クリスティーナは封蝋《ふうろう》でしっかりと閉じられた封筒を取り出した。質の良い封筒で、封蝋はフォルスター侯爵家の紋章だ。

見るからに大事そうなそれを、クリスティーナがソフィアに差し出してくる。

「そう。エルヴィンがギルバートに急ぎの手紙を書いたのだけど、内緒のことが書いてあるから、他人に任せたくないらしくて。ソフィアちゃん、届けてくれないかしら。私、これから王妃様と約束があって、王城の門までしか一緒に行けないのよ」

王城の門からは一人で近衛騎士団のギルバートの元まで行かなければならないということだろう。それ自体は不安もあるが、ソフィアとて社交界デビューを済ませた大人として、こなさなくてはいけないことだ。それよりも、別の不安がある。

「あ……私で、良いのでしょうか」

そんなに大切な手紙を、ソフィアが預かって良いのだろうか。迷っていると、クリスティーナがソフィアの肩に触れた。その手は温かい。

「ソフィアちゃんだから任せられるのよ。だって、絶対にギルバートのために頑張ってくれるでしょう？　それにソフィアちゃんが来たら、ギルバート、きっと驚くと思うわ」

クリスティーナの顔には悪戯《いたずら》な笑みが浮かんでいる。ソフィアはそれにつられて微笑《ほほえ》んだ。

「では……承ります」


「――とは言ったけど、ここって、どこなんだろう……」

ソフィアは石塀の側にあった大きな木の下で、どうしようもなく空を見上げた。

このアイオリア王国は大きな国だ。王城と言っても、その土地には様々な建物や施設がある。建物としては各種研究施設や図書館、部隊毎の騎士団の詰所。屋外施設も、医療棟、庭園、薬草園、温室、騎士団の演習場など様々だ。そしてそれらの中央には、美しい白亜の王城が聳《そび》え立っている。

王城の門で馬車を降り、クリスティーナと別れてからもう半刻ほど経《た》っている。雪こそ降っていないものの外は寒く、手袋をしていても指先が冷えていた。それが更に、心細さに拍車をかける。

ソフィアは王城の中で迷子になっていた。門で近くにいた騎士に場所を聞いて、言われた方向に歩いてきたはずなのだが、近衛騎士団の詰所らしき建物は見当たらない。少なくとも今いる場所から見える人々の中に最も多いのは、白衣を着ている人だ。ソフィアにも、彼らが騎士ではないことは分かる。

「また、誰かに聞いてみようかしら」

しかし、皆忙しそうだ。初めて見た王城で働いている人達は、背筋を伸ばし前を見て、ソフィアが普段歩かないような速さでさくさくと歩いている。呼び止めて話しかけられる雰囲気ではない。

王城は外部の人の出入りを拒んではいないものの、入るには身分と目的の確認がされる。観光客などは入れないいため、ソフィアのように彷徨《うろつ》いている人は他にいなかった。

もう一度来た道を戻って、門の側にいた騎士に聞いてみようか。そう思って日傘を広げた、そのとき、ソフィアの視界に深い青色が飛び込んできた。

「ねえ、君。どうかしましたか？」

はっと目の前の人物を見ると、その人はソフィアが見たことのある服を着ていた。ギルバートがいつも着ている黒い騎士服の、色違いのようだ。以前、黒は魔法騎士が着るものだと聞いたことがある。

「近衛騎士団の方、ですか？」

ソフィアが尋ねると、男は爽やかな笑みを浮かべて頷いた。

「そうですけど、うちに何か用事でしょうか。……見学、か？」

そう言った男は男所帯で働いているらしい雑さが混じる言葉遣いで、しかし親切そうな雰囲気だ。ギルバートと変わらないくらい背が高い。ソフィアが怯《おび》えないようにか、軽く屈《かが》むようにして目線を揃えてくれた。

「いえ。あの、届け物がありまして……」

ソフィアは持っていた籠の中から、封筒の端をちらりと見せた。それだけで男は納得したように頷く。よくあることなのだろうか。

「あ、詳しくは言わないで結構ですよ。案内するんで、ついてきてください」

俺も今から戻るところだから、とその男は言って、ソフィアを王城の門の反対側へと導いた。

大きな建物の前を横切ってしばらく歩くと、そこはひらけた場所になっていた。地面は平らにならした土で整えられていることから、ここが演習場であることが分かる。近衛騎士団の詰所らしき建物は、その演習場を越えた奥にあった。

どうやらソフィアは迷っているうちに、入り口の反対側まで来てしまったようだ。

硬く冴《さ》えた音がいくつも響いている。剣と剣が重なる音だ。

演習場では、模造剣を使った演習が行われているようだった。騎士達が数人ずつのグループで剣を合わせている。ソフィアの目には止まらないほどの速さで振り下ろされる剣を、相手が剣で受け止め、また斬り返す。日々の訓練が滲《にじ》み出るような動きに、ソフィアは驚き目を見張った。

男が一歩近付くと、演習場の中心の方から怒鳴り声がする。

「トビアス、どこ行ってたんだ！　訓練参加したいって言ったのお前だろ!?」

「すみません、すぐに行きます！　……この奥が詰所だから、そこに行くと良いですよ。では」

男は訓練を抜けてさっきの場所にいたのだろう。呼ばれた声に大声で返事をして、演習場の中心へと駆けていった。

「あ……ありがとうございましたっ」

遠ざかる背中に向かってソフィアが慌てて礼を言うと、男は片手を上げてひらひらと振った。

ソフィアは気を取り直して、言われた通りに詰所を目指すことにした。広い演習場の外側を、詰所に向かって歩く。途中演習を盗み見ると、さっきまでソフィアを案内してくれていた男が、複数人を相手にして踊るように剣を振るっていた。どうやら、とても強い人だったらしい。見慣れない動きは荒々しく、同時に美しくもあり、ソフィアは驚いた。

詰所の側には、何人もの騎士がいた。彼らは休憩中なのか、首元を緩めたり、地面に座って会話をしている。皆しっかりとした身体《からだ》つきで圧迫感があるが、その横を通り過ぎなければ詰所に行けないようだ。ソフィアはスカートを握り締めて、できるだけ目立たないように身体を縮こめながら前に進んだ。

「あれ、こんなところで何してるの？」

どきりと心臓が跳ねた。座っていたはずの騎士が、立ち上がってソフィアの側に歩いてくる。

「あ、あの……」

「うっわ、滅茶苦茶可愛いじゃーん。え、誰かの親戚？　見学ならこんなところにいないよね」

「先輩、何言って……って、本当だ。女の子だ！　ねえ、名前何ていうの？　どこの子？」

「誰かの彼女？　恋人いる？」

「お前っ、先走り過ぎだろ！　まず名前聞けって」

話をする前に、ソフィアは何人もの騎士に質問責めにされてしまった。

「ええと、私」

「先輩、女の子がいるって聞いたんですけど！」

「煩《うるさ》いっ。今話してるんだから黙ってろ！」

「先輩酷《ひど》いー」

ソフィアが何かを言おうとしても、それより早く誰かの言葉が被《かぶ》さってくる。気付けば最初にいた人数よりも、増えているような気すらしてきた。

異性と話すことなどほとんど無いソフィアは、背の高い騎士達に囲まれ、次々と言葉を浴びせられ、身体が竦《すく》んでしまった。ギルバートのことを尋ねたいが、思うように声が出てこない。

「――……っ」

どうしたらこの状況から抜けられるのだろう。分からないままのソフィアがどうにか口を開こうとしていると、騒がしい輪の外側から、場違いに呑気《のんき》なやや高めの声がした。

「皆、何してるんですかー？」

それはあまり大きくないのに、よく通る声だった。ソフィアは新たな人物の登場に、肩を震わせる。

「あ、ケヴィンじゃん。いや、可愛い女の子がいてさ！」

「正面入口じゃなくて、こっち側にですか？　それって迷子じゃ……って、あ」

輪の中に新たに入ってきた騎士と目が合った。ソフィアを見て丸い目を更に丸くしているその騎士を、ソフィアもどこかで見たことがあるような気がした。

「ちょっと、こんなところでどうしたの？」

「え……あ」

「何だよ、ケヴィン。知り合いか？　紹介しろよー」

ソフィアが思うように声を出せずにいるのを見て、ケヴィンと呼ばれたその騎士は困ったように眉を下げた。ソフィアよりも少し高いくらいしかない身長と幼く見える顔立ちは、それまで周囲にいたのが大柄な男らしい騎士達ばかりだったこともあって、ソフィアを少し安心させた。

「紹介って……この方、うちの副隊長の婚約者ですよ」

ケヴィンの言葉を聞いた面々が、さっとソフィアから距離を取った。見ると、何人かは顔を青くしている。

「ケヴィン、お前……第二小隊だったよな」

「はい。こちら、ギルバート・フォルスター侯爵の愛猫です」

その言葉の効果は絶大だった。それまでソフィアを囲んでいた騎士達が、ソフィアをまじまじと見た後、途端に蜘蛛《くも》の子を散らすように逃げていく。あっという間に、その場にいるのはソフィアとケヴィンだけになった。

「それで、副隊長の猫ちゃんは、どうしてこんなところにいるの？」

ケヴィンは人好きのする笑顔で、小首を傾げた。

◇　◇　◇

ギルバートは一人残った会議室で深い溜息を吐いた。合同捜査が始まってから、何度も打ち合わせを重ねながら、ギルバート達は主に王都の商人や貴族達を調べている。

捜査の進展は予想されていたより早かった。違法商品の流通経路は特務部隊の捜査によってほぼ特定されてきており、また少し調べるとここ数年のレーニシュ男爵の不自然な金回りの良さが明らかになった。それもまた、違法商品の生産についての容疑を裏付けている。後は実際に男爵領へ行き、生産拠点を確保すれば良い。

問題はレーニシュ男爵の関与が疑われる、もう一つの事件だ。

そもそも第二小隊が投入されたのは、こちらの事件の捜査が目的だった。しかし事件当時の証拠が保存されておらず、思うように進まない。やはりこちらも直接領地のレーニシュ男爵邸に行き、事件当時の使用人を当たるのが良いだろうか。

「――レーニシュ男爵領か」

ソフィアにはまだ伝えていない。いつまでも黙っていられないと分かっていて、口にすることはできずにいた。

しかし伝えなければならないだろう。以前見せてもらった、ソフィアが持っている前男爵夫人の首飾り。それは数少ない証拠品の一つだ。

ギルバートは思わず額に手を当てた。こうなってくると、エルヴィンとクリスティーナが早く来てくれて良かったと思う。お陰でソフィアを正式にギルバートの婚約者という立場にすることができた。既にマティアスへの報告も済ませており、婚約者として公示されている。それだけで守れるものでもないだろうが、フォルスター侯爵家の後ろ盾があると思わせることができれば多少は違うだろう。

「副隊長、こちらにいらっしゃいますか」

扉が数度叩《たた》かれ、外からギルバートを呼ぶ声がした。ケヴィンの声だ。この後は予定を入れていなかったはずだが、何かあったのだろうか。

「何だ？」

それまでの思考が、返事をする声に乗ってしまった。厳しく聞こえただろうかと少し反省する。

「――ね、いたでしょう？」

「ですが、こんなに中まで入ってもよろしいのですか？」

「良いの良いの。一般の見学だって受け入れてるし、廊下に機密は置いてないからさ」

「そうでしたか……。ご親切に、ありがとうございます」

まだ開かない扉の向こう、廊下から聞こえてきたのは、この場には似つかわしくない、しかし聞き慣れた細く可愛らしい声だった。ケヴィンの声も心なしか弾んでいる。

ギルバートはまさかと目を見開き──数歩で扉の前まで移動した。がちゃりと勢いよくノブを引く。

そこにいたのは、ギルバートがその声を聞き間違えるはずのない、ただ一人の婚約者だ。いつもより少し華やかな、上品な外出着に身を包んでいる姿はとても愛らしい。

「ソフィア、何故《なぜ》ここにいる？」

まさか特務部隊が勝手に連行してきたりしたのではないか。眉間に皺を寄せたギルバートに、ソフィアは慌てたように頭を下げた。

「ギルバート様、お疲れ様です……っ。お義父《とう》様からのお使いを頼まれて参りました」

差し出された手には、見慣れた印璽《いんじ》を使って封がされた手紙があった。それは確かにフォルスター侯爵家の者が書いたことの証明だ。ギルバートは心配が杞憂《きゆう》で済んだことに安心し、手紙を受け取った。

「ありがとう。……ここまでは一人で来たのか？」

「いいえ、お義母様が王妃様に会いに行かれるとのことで、門までご一緒させていただきました」

ソフィアがたまにクリスティーナに連れられて外出しているとは聞いていたが、まさかここにやって来るとは思わなかった。ギルバートはほっと息を吐く。

「そうか。一人ではなくて良かった」

今の世情で一人きりで出掛けさせるのは心配だった。本当はずっと側についていてやりたかったが、ギルバートにも仕事があり、それは叶《かな》わない。

「ご心配、ありがとうございます……」

頬を染めて上目遣いにこちらを窺《うかが》うソフィアはとても可愛い。その姿に張り詰めていた心が少し和らぐような気がするが、横でそれを見てにやにやしているケヴィンが視界にちらついた。

エルヴィンとクリスティーナがそれを承知でソフィアをここに来させたことも、長い付き合いであるギルバートには分かっている。

「それでケヴィン、お前は何をしている？」

「あ、見えてました？」

ケヴィンは、にかっとギルバートに笑顔を向ける。

「最初からいただろう」

当然のことを口にすれば、ケヴィンは複雑そうな表情をした。

「あ、いえ、最初からいましたけど。僕、視界に入れられてないかなーと思いまして」

「そうか。それで、何故ここにいる？」

先に隊の執務室に戻っていたのではなかったか。ギルバートが聞くが、それに反応したのはソフィアだった。

「あの……この方は、助けてくださったんです！」

ケヴィンを庇《かば》うような発言は少し気になったが、助けるとはどういうことか。ギルバートはソフィアに何かあったのかと、顔色を窺った。少なくとも、怪我《けが》はしていなさそうだが。

「私、どこに行けば良いか分からなくて。門を抜けた先に、建物がいっぱいありまして……親切な方に、近くまで連れてきていただいたのですが」

　つまり、迷子になったのだろう。ソフィアは迷ったことが恥ずかしいのか、頬に手を当てている。ギルバートにとっては、初めての外出で怯えていたことを思えば、その成長は眩《まぶ》しいほどだ。ましてこの辺りは、似た作りの建物が多い。慣れていなければ迷ってしまうのもおかしなことではない。

「それでですね。僕が執務室に戻ろうとしたら、何か人集《ひとだか》りができてまして。とりあえず解散させて、この方を副隊長のところにお連れしました、ってわけです」

　やはり囲まれていたかと、ギルバートは小さく嘆息した。最近は特にクリスティーナの土産の服と勉強熱心なカリーナの努力もあり、ソフィアは日々美しくなっている。一人きりで近衛騎士団の敷地に放り込んだクリスティーナは何を考えているのかと、少し恨めしい。

「そうか、ありがとう。しかし、そうまでして届けたい手紙とは――」

「ギルバート様？」

　今エルヴィンは同じ家に暮らしている。帰れば会えるのだ。話ならそこですれば良い。婚約するにあたって、エルヴィンには現レーニシュ男爵夫妻の罪について話していた。わざわざソフィアをここに来させるということは、何か意味があるのだろう。

「応接室に行く。ケヴィン、手配を」

　応接室はそれぞれ個室になっていて、外部の人間と話したり、隊内で内密な話をしたりするときに使われている。ケヴィンはギルバートの指示に、一礼して場を離れた。

「ソフィアもこのまま良いか？」

　ギルバートは、本当はこのままソフィアを巻き込まずにいたかった。しかし社交の場に出ているエルヴィンとクリスティーナがソファをここに寄越したことには、意味があるのだろう。

「はい。あの、一人にしないでください……」

ソフィアがギルバートの上着の裾を控えめに掴《つか》んだ。一人で知らない場所に来て、心細い思いをしたのだろう。ギルバートは緩みそうになる口元をきゅっと引き締めて頷いた。

応接室はテーブルと椅子だけのシンプルな部屋だ。ギルバートの隣の椅子にケヴィンが座り、向かい側にソフィアが座っている。エルヴィンからの手紙を読むための配置でもあったが、隣がソフィアでないことに小さな違和感を覚えた。

ペーパーナイフが無いので、ギルバートは右手の指先を手紙の縁に沿って動かして封筒の端を切った。魔法騎士でも日常の生活で魔法を使う者はそう多くない。教えてほしいと後輩に頼まれたこともあったが、微妙な力加減というのは案外難しいらしかった。

ケヴィンが物珍しそうに見ているが、ソフィアはもう見慣れているだろう。

早速手紙を開き、文章に目を通す。その中程を過ぎた辺りで、ギルバートは思わず眉間に皺を寄せた。そこに書かれていたのは、レーニシュ男爵領の現状についてだった。ちらりとソフィアに目を向けると、その瞳は不安そうに揺れている。

「私の父も、王都で情報を集めてくれているそうだ」

できるだけ短い言葉で言う。今の季節、社交界には様々な地方の貴族が出入りし、情報に事欠かない。エルヴィンとクリスティーナは、二人共それが得意だった。今のギルバートにはとても真似《まね》できない。

ざっと最後まで目を通し、ギルバートは手紙を折り曲げた。

「前侯爵様ですよね。ご友人も多かったんじゃないですかー？」

「ああ、そうだ」

ギルバートには貴族の友人というものがいない。敢《あ》えて言うならばマティアスだろう。だが王太子となってしまった今、気軽に友人と言うことは憚られた。ケヴィンは、ギルバートが複雑な心境であることなど気付いていないようで、次の言葉を待っている。

ギルバートは、ちらりとソフィアに目を向けた。

「ギルバート様。……私もお聞きして良いお話でしょうか？」

「ああ。いや――」

ギルバートは返答に困った。

エルヴィンは手紙の中で、ソフィアも当事者だと書いていた。しかしソフィアがそれらを知って、どう思うだろうか。レーニシュ男爵夫妻を恐れながらも領地への情は深いことを、ギルバートは知っている。そしてソフィアを巻き込んで傷付けたくもないのだ。

「副隊長。男爵領の問題なら、ソフィア嬢にも関わることじゃないんですか？　どうして何も言わないんです？」

黙り込んでしまったギルバートの代わりに、横から手紙を読んでいたケヴィンが口を開いた。ソフィアがその言葉に目を見張る。ギルバートは咄嗟《とっさ》にケヴィンに鋭い視線を向けた。

「ケヴィン」

どうしても低く威嚇するような声になってしまう。その表情と声が他者を萎縮させることは、ギルバート自身もよく知っていた。それでも睨んでしまったのは、それを言えば否応なくソフィアを巻き込むことが分かっていたからだ。

事情を知らないケヴィンが気まずそうに目を逸らす。ソフィアが俯《うつむ》いて両手を握り締めていた。

室内に、時間が止まったかのような沈黙が落ちる。

「――ギルバート様……っ」

最初にそれを破ったのは、ソフィアの絞り出したようなか細い声だった。ギルバートもケヴィンも、ソフィアに目を向ける。俯いていたはずの顔は前を向いており、声とは裏腹にその瞳には強い意思が感じられた。

「レーニシュ男爵領に、何があったのですか？　あそこは私と、私の……私の父と母が愛した場所です。ギルバート様は以前、隠さないと仰《おっしゃ》ってくださいました。だから……っ」

一生懸命にギルバートを見つめる姿は愛らしく、少し力を入れれば折れてしまいそうなのに、その精神はあまりに清らかで強い。

「どうか……私を、巻き込んでくださいっ」

ぎゅっと瞑《つぶ》った目は、瞼《まぶた》の裏で何を見ているのだろう。真実を知っても、その瞳は曇らずにいてくれるだろうか。

隣でケヴィンが身動き一つせずに固まっている。ギルバートは立ち上がると、ソフィアのすぐ横へ移動して片膝をついた。

「ソフィア」

名前を呼ぶと、すぐにソフィアはこちらへ顔を向ける。ギルバートはその手を両手で包むように握った。

「私はお前を危険に晒《さら》したくない。辛《つら》い思いをさせたくない」

「ですが……！」

この強さはどこから来ているのだろう。魔力もなく、華奢《きゃしゃ》で、誰より儚げなのに。それが元来の性質で、フォルスター侯爵家で暮らした中で取り戻してきたものだとしたら、心配だが同時に誇らしくもある。

ソフィアの強張《こわば》っている手を持ち上げ、額を寄せた。想《おも》いは言わねば伝わらない。それはギルバートにとってのソフィアだけでなく、ソフィアにとってのギルバートもまたそうであろう。

「お前の意思を尊重しよう、ソフィア。私はお前が心配だ。家にいて事件に関わらずにいてくれた方が安心できる。──だがソフィアの言う通り、お前が領地を……両親を、大切に思うのならば」

見上げると、ソフィアは目を丸くしてギルバートをじっと見下ろしている。ギルバートが安心させようと緩く微笑んで見せると、ソフィアは少し、指先の力を緩めた。

「構わない。全て話そう。私と共に、レーニシュ男爵領に来てもらいたい」

それはギルバートにとって大きな覚悟だった。

いつかハンスに言われた、隠すだけではない守り方。その方法が分かったわけではない。自分はソフィアの前で正しくあれているだろうか。ギルバートは今も正解を探している。

「はい……っ」

ソフィアは不安を堪《こら》えていたのか、瞳を潤ませている。その深緑色が揺れ、ギルバートは急いで立ち上がる。泣かせたくなくて、伸ばした指先でソフィアの輪郭をついと撫《な》でた。

「ギルバート様……あの──」

ソフィアが顔を真っ赤にしている。驚いたせいか、涙は零《こぼ》れる前に引いたようだ。ギルバートは抱き締めてしまいたい衝動を抑えながら、柔らかそうな唇へと指を這《は》わせる。

「あ、あのー。邪魔するつもりはないんです！　本当ないんですけど、そろそろ僕が辛いです！」

応接室に響いた声に、ギルバートははたと手を止めた。ケヴィンがソフィアと同じくらいに顔を赤くして慌てている。すっかり忘れていた。

ギルバートはすぐに本題を思い出し、気まずさを誤魔化すように踵《きびす》を返して椅子に戻った。

◇◇◇

ソフィアはギルバートから手紙を受け取った。それはクリスティーナから預かり、先程自身がここまで持ってきたものだ。

「——ありがとうございます」

「いや、礼を言うべきは私の方だ」

ギルバートにとってはソフィアも捜査協力者の一人だということだろうか。ソフィアは小さく頷いて、手紙を開いた。

そこに書かれていたのは、レーニシュ男爵領についての噂《うわさ》話だった。曰《いわ》く、領民の中でも十代の男を中心に、失踪事件がここ数年で相次いでいるという。同時に、違法商品の生産拠点については未だ情報を掴めないことと、前レーニシュ男爵——ソフィアの両親についての評判が書かれていた。

「どうして……？」

ソフィアが知るレーニシュ男爵領は、豊かではないが閑静な、治安の良い土地だ。ここに書かれているような恐ろしい犯罪とは無縁なはずだった。幼い日に両親と共に出掛け、笑いかけてくれた人々を思い出す。貧困が問題になっているとは聞いていたが、ソフィアはそれを実際に見たことはなかった。それに、違法商品の生産とは、何のことだろう。

レーニシュ男爵領で何が起こっているのか。ソフィアは怖くなって、両腕で自身の身体を抱き締めた。

ギルバートが小さく嘆息し、僅かに身を乗り出した。

「順を追って説明する」

そしてギルバートは厳しい表情のまま、ソフィアに事情を語っていった。

ソフィアの叔父と叔母である現レーニシュ男爵夫妻が違法な商品の生産に関わっており、それが男爵領のどこかで行われていること。それは五年以上前から行われていること。そして、手紙にあった失踪事件も関連しているかもしれないこと。

「――……そう、なんですね」

「大丈夫か？」

ソフィアはゆっくりと、両腕の力を抜いた。ギルバートを心配させてしまっただろうか。

現男爵夫妻とソフィアは、情を抱くような関係ではない。しかし男爵領でそのような犯罪がずっと続けられていた事実は、ソフィアを悲しませるには充分だった。

ギルバートが眉を下げる。ソフィアは首を左右に小さく動かした。

「続けてください、ギルバート様。私は……知らなくちゃいけないんです」

外へ出ることは、知りたくない現実とも向き合うことだと、かつても思ったことを内心で繰り返す。

それでもギルバートの隣を選んだのは、ソフィア自身なのだから。

ギルバートはどこか納得はしていないようだったが、迷いを振り切ったのか、ソフィアの目を正面から見つめてきた。その表情に、ソフィアもまた覚悟をする。

「ソフィアの両親は、馬車の事故で亡くなっていたな」

硬い声がソフィアの鼓膜を揺らした。その言葉に、頭の中でいくつかの事実が繋がっていく。

五年以上前から行われていた犯罪。両親の死後、すぐに男爵家に駆けつけた叔父母。そして、不自然に失くなった遺品。

「もしかして、父と母の事故も……？」

ギルバートからの答えが無くとも、ケヴィンの表情を見れば、ソフィアの想像が事実であると分かった。ケヴィンは奥歯を噛《か》み締め、ソフィアから目を逸らしている。その視線の先に気付いたギルバートもケヴィンに目を向け——眉間の皺を伸ばすように右手を額に当てた。

「すまない」

苦しそうに顔を歪《ゆが》めたギルバートが、気持ちを落ち着けるように目を閉じる。

ソフィアは、それまで抱いていた疑問がすっと腑《ふ》に落ちたような、妙な感覚に襲われていた。

ソフィアの両親は、五年前、馬車の事故で命を落とした。夜会の帰り道のことだった。ギルバートがこれまでソフィアに事件のことを隠していたのは、叔父であるレーニシュ男爵の魔力を通して、事故の真相を見てしまったからなのだろう。

あの夜会でソフィアがレーニシュ男爵に会ったとき、マティアスは、彼女達に何をしたのかと聞いていた。男爵にとっての『彼女達』は、ソフィアとその両親だったのだろうか。悲しめば良いのか、怒れば良いのか。それとも身近にあった犯罪に怯えるべきか。

「いえ……ごめんなさい。私、今、どんな顔をしたら良いのか、分からなくて」

ソフィアはまた俯いた。膝の上で組み合わせた両手をぎゅっと握り締める。感情を押し殺したことは何度もあるが、自分が抱いている感情が分からないことは初めてだった。ぐちゃぐちゃになった涙にもならないそれらは、心の中で悲鳴を上げている。

優しく、暖かく、いつもソフィアを大切にしてくれていた両親。突然失われたその運命を、仕方のないことだと、悲しみと一緒に無理やり箱に押し込んで、蓋をして、ずっと心の奥にしまい込んでいた。うっかり見つけて動けなくならないように、そっと隠していた。その箱の在り処《あ　か》を、指を差して教えられたような気がした。

顔は、上げられなかった。

「ソフィア――」

ギルバートがソフィアの名前を呼んだそのときだ。突然、応接室の扉が外側から大きく開けられた。それまでの静寂に似つかわしくない大きな音が響く。

「侯爵殿。我々に報告無くこのような場所で取り調べとは、感心できませんね」

扉を開けたのは、ギルバートともケヴィンとも異なる灰色の制服を着た男達だった。

驚いて顔を上げたソフィアは、その高圧的な声に身を竦めた。先頭にいた男と眼鏡越しに目が合う。

男は微笑みを浮かべていたが、その目は笑っていなかった。

「取り調べではない。家の使いで来た婚約者と話をしていただけです」

ギルバートが立ち上がる。がたんと鳴った椅子の音に、ソフィアは肩を揺らした。

「そうでございましたか。ああ、ですが……彼女はソフィア・レーニシュ嬢ですよね。やっとこうして家から出てきてくださいましたし、私共もお話しさせてくださいよ。彼女は事件の関係者です。男爵邸で暮らしていたのですから、何も知らないはずがないでしょう？」

「特務部隊が追っている件については、彼女は何も知りません。フェヒト殿の思い込みです」

ギルバートの目がすうっと細められる。しかしフェヒトと呼ばれた男は、一歩も引く様子がない。

「そんなことが、侯爵殿に分かるのですか？」

今度は明らかに嘲笑と分かる表情をその顔に貼りつけて、フェヒトはソフィアの方を向いた。湧き上がってくる恐怖に、勝手に手が震える。ギルバートと同じ近衛騎士なのに、ギルバートより表情は豊かなはずなのに。こんなに怖いと思うのは何故なのだろうか。

「むしろ……そうですね。貴方《あなた》は、私には分からないと言うのですか」

ギルバートがソフィアにつかつかと歩み寄り、表情を変えないままその右手首を掴んだ。ソフィアは驚きに目を見開く。その行為に意味が無いことは、ギルバートが最もよく知っているはずだ。

「──なっ！」

フェヒトが驚愕《きょうがく》の表情で一歩足を引いた。その後ろの男達も、似たような顔でソフィアを見ている。特務部隊の者は、ギルバートが魔力の揺らぎを読むことができると知っている。つまりソフィアが当然のように触られ、ましてそれまでよりも安堵《あんど》した表情になったことが信じられないのだ。

ソフィアはギルバートの手が冷えていることに心配し、同時に側にいてくれることに安心した。

「特務部隊の方も私共の事件に協力してくださるのなら別ですが、そうでなければ話をしても何の意味もありません」

ギルバートははっきりと言い切った。フェヒトが圧倒されたことを誤魔化すように口を開く。

「そんなことを仰って、その娘を庇うための詭弁《きべん》ではないですか？」

「――ギルバート様は、そのような方ではございません……っ！」

それまでの恐怖も不安も忘れ、ソフィアは咄嗟に立ち上がっていた。自分のことでギルバートを侮辱されたように感じ、それがどうしても許せなかった。

それまで黙っていたソフィアが突然口を開いたことで、特務部隊の面々は反応に困っていた。フェヒトもまた、自らの言葉が軽率であったことに気付いたのか、笑みを消し、顔を歪めている。

「お引き取りください。また後日、会議の席で話せば良いことです。こちらには、隠し立てすることなどないのですから」

ギルバートが低い声で言うと、特務部隊の面々はばたばたと逃げるように出て行った。自分が言い返したことがまだ信じられないでいるソフィアは、状況を理解するだけで精一杯だ。ギルバートに肩を叩かれ、やっと現実に引き戻される。

「今日はもう帰れ。馬車まで送ろう」

ギルバートがソフィアの手を掴み、強引に引いて応接室を出る。それからソフィアが馬車に乗るまで、ソフィアとギルバートは互いに口を開くことができなかった。


その日の夜、ソフィアはギルバートの部屋を訪ねる機会を窺っていた。

カリーナにソフィアに魔力が無いことを話してから、ソフィアはこれまでのように毎晩ギルバートの部屋の浴室を借りることがなくなった。カリーナが入浴時の世話をしたいと希望したからだ。石鹸《せっけん》や香油の違いを丁寧に説明され、熱意を向けられてしまっては、勤務時間が長くなるカリーナの体調を心配していたソフィアも頷かざるを得なかった。

しかし自室で入浴をした日も、ソフィアはギルバートの部屋を訪れている。それはギルバートからの希望でもあり、数少ない二人きりの時間を大切にするためでもあった。

「でも、今日は行き辛いな……」

ソフィアは自室の扉に手をかけたまま呟《つぶや》いた。

騎士団の応接室での出来事は、未だ消化し切れていない。向き合うべき現実は、心の重石《おもし》となっている。きっとしなくてはいけないことはたくさんあるのに、何からすれば良いのか分からなかった。

更に昼間の自らの行動を思えば、ギルバートの顔をまっすぐに見る自信も無い。

ソフィアは、大切にしている小箱をポケットに入れた。中身はダイヤモンドの首飾りだ。フォルスター侯爵邸に自室を与えられてから、鍵をかけた抽斗《ひきだし》にしまったままにしていた。

両親が馬車の事故で崖から落ちて命を落とした五年前から変わらずに残っている物は、きっとほとんど無いだろう。この首飾りは証拠品になるはずだ。

幼いソフィアが犯した小さな罪の証《あかし》であり、ソフィアが持つ唯一の親の遺品。レーニシュ男爵家を追い出されたときも、これだけは持っていくことを悩まなかった。

カリーナは先に休ませている。一人きりの部屋でソフィアは勇気を振り絞り、扉を開けた。

「ソフィア？」

そこにいたのはソフィアが今一番会いたくて、それでいて一番会うのが怖かった、ギルバートだ。

「ギ……ルバート、様？」

予想外のことに頭が真っ白になる。ギルバートはいつも部屋にいるときのように寛《くつろ》いだ服を着てお り、まさに今扉を叩こうとしていたのか、中途半端に右手を上げていた。手首で白金の腕輪が揺れている。

「——私に、会いに来ようとしていたのか？」

ゆっくりと下ろされた右手が、そのままソフィアの左手にそっと触れた。混乱した胸の中から、ギルバートへの想いだけが抜き出されたように浮かび上がってくる。それは心の中の不安を洗い流してくれた。

「はい、遅くなってしまいました。あの……ギルバート様は？」

ソフィアは、熱くなっていく頬を自覚して思わず目を伏せた。都合の良い言葉を想像して、すぐに打ち消す。

「ソフィアに会いに来た。入っても良いか？」

ぱっと上向いた顔には、きっと分かりやすい喜色が滲んでいるだろう。はしたないことだと思いながら、ソフィアは嬉《うれ》しくて仕方なかった。ギルバートがソフィアの部屋を訪ねてきたのは、これが初めてだ。

「はい……あの、よろしければ」

予想もしなかった申し出に頷き、ソフィアはギルバートを招き入れた。

ギルバートをソファに座らせ、二人分の果実水をグラスに入れる。緊張から震えそうになる手を必死で落ち着かせようとしながらテーブルにグラスを運んだ。その手をギルバートが捕らえ、ソフィアは隣へと導かれる。

「今日はすまなかった」

ギルバートが短く言って、頭を下げた。ソフィアは慌てて首を左右に振る。

「謝らないでください。私の方こそ……ごめんなさい」

ソフィアがいたせいで、話をややこしくしてしまったのではないか。特務部隊だという人達は、ソフィアから話を聞きたがっていたようだった。レーニシュ男爵である叔父が容疑者とされている複数の事件と、彼等と最近まで共に暮らしていたソフィア。疑われるのも当然だろう。

「何故ソフィアが謝る？　あれは、お前は悪くない」

「ですが、私がお話しすれば良いことです」

「それは――！」

ギルバートが声を僅かに荒げる。身を乗り出して腰を浮かしかけ、はたと気付いたようにすぐに座り直した。ソフィアはその様子に驚きが隠せなかった。ギルバートがこれほど取り乱すことは珍しい。

「……ギルバート様？」

ソフィアが首を傾げる。ギルバートは少し気まずそうにしながらも、ソフィアを見て、真剣な色を瞳に宿した。いつものように優しく重ねていた手が、ぎゅっと強く握られる。

「いや――いいか、ソフィア。あの特務部隊の人間には気をつけてくれ」

「は……、い」

ギルバートの言葉に疑問を覚えながらも、ソフィアはその真剣さに素直に頷いた。

ソフィアにとっては、特務部隊も第二小隊も国と国民のために働く同じ騎士である。確かに少し怖かったが、落ち着いて考えてみると、あのフェヒトという騎士も事件の捜査をしているだけだ。きっと悪い人ではないのだろう。

「関わらずにいられるなら、その方が良い」

ギルバートがぽつりと言って、ソフィアの返事に安心したように下ろしている髪を撫でた。

ソフィアはまた分からないことが増え、余計に頭を悩ませることになる。ふわふわとした幸福な感触を楽しみながら、思考の渦に沈みそうになったソフィアは、しかし悩みのうちの一つを思い出し、ポケットから小箱を取り出した。

ギルバートがそれを見て、驚いたように手を止める。

「以前お見せしたと思いますが……。これを、ギルバート様にお預けさせてください」

手の平の上の小箱を、腕を伸ばしてギルバートの前に出す。ギルバートは目を見開いた。

「これは」

「母の首飾りです。亡くなったときに身につけていたもので……私の持つ、唯一の遺品です」

顔を俯けそうになるのを必死で堪えた。レーニシュ男爵家にいた頃、何度も隠れてそれを見て、挫《くじ》けそうになる心を慰めていたのだ。両親との思い出が消えていく家で、ソフィア自身が持つ唯一の確かなもの。

彼等にとっては証拠品の一つであっても、ソフィアにとっては宝物だ。どうせ預けるのなら、ギルバートが良い。それはソフィア自身が、事件の話を聞いて決めたことだった。

「良いのか？」

藍色の瞳に内心を透かし見られているような気がする。しかしそれは気のせいで、ギルバートがソフィアの心を覗くことができるはずもなかった。もしも覗かれたとして、今困ることは、せいぜいまだ弱いままのソフィアの心がギルバートに伝わってしまうことだろう。それすら、今更のようにも思う。

きっとギルバートは、全て分かっている。

「――はい。ギルバート様は、私を領地に連れて行ってくださると仰いました。私は……それに見合うようにありたいのです」

強がりでも本心からの言葉だった。ギルバートの手が、小箱に触れる。

「ありがとう、ソフィア。――大切に扱うと約束する」

その言葉に、ソフィアは心が解けていくのを感じた。大切なものを大切にすると言われて、こんなに暖かい気持ちになるとは思わなかった。

「よろしくお願いします」

ソフィアはやっと自然に笑うことができた。ギルバートも表情を緩める。それからいつものようにしばらく話をして、ギルバートは自身の部屋へ戻っていった。

穏やかな時間、ギルバートの手の中で小箱から微《かす》かに光が漏れていたことに、まだ二人とも気付いていなかった。

3章　令嬢は黒騎士様と領地に戻る

「演習中にすまない」

ギルバートは特務部隊には内密に、ケヴィンとトビアスを会議室に集めた。

「お疲れ様です、副隊長。構いませんが、今日は俺達だけなんですね」

口を開いたトビアスに、ケヴィンも頷《うなず》く。

「先に調べたいことがある」

ギルバートは机の上に小箱を置き、蓋を開けた。そこにあるのは、いつかソフィアと二人、星空の下で見たダイヤモンドの首飾りだ。あのときには確かに特別な宝物のように見えたそれも、無機質な明かりの会議室ではただの透明な石でしかない。ギルバートはそんな当然の事実に、僅かに感傷を抱いた。

今日、この場に特務部隊を呼ばなかったのは、先にソフィアから預かった首飾りを確認するためだ。

「これを昨日預かった。現時点で唯一の証拠品だ。先に確認しておきたい」

特務部隊を信頼していないわけではない。むしろ事件解決への熱意という意味では尊敬すらしている。しかし、それとこれとは別の問題だ。この首飾りは唯一の証拠品であると同時に、ソフィアの大切な唯一でもあるのだから。

「これは……首飾り、ですか？」

「なんか高そうな石がついてますねー」

二人が机に身を乗り出し、触れないままにまじまじと観察している。どこから見ても、何の変哲もない宝飾品だ。

「――これは被害者の遺品だ。事件が起きたとき、これを身につけていたそうだ」

「ソフィア嬢が？」

ケヴィンが顔を上げてギルバートを見る。ギルバートは一度頷いて、改めてそれに目を向けた。昨夜受け取ったが、家で不用意に開けるのは躊躇《ためら》われ、箱のまま今までしまっていたのだ。

シンプルだが上品な意匠だ。手に取ると確かにしっかりとした重さがある。丁寧に裏返すと、台座には細かな紋様が彫り入れられている。夜空の下では暗くて気がつかなかった。それは、ギルバートにとって見慣れたものだった。

「これは」

目を見開き、じっとそれを見つめる。ソフィアが気付くはずがない。起動させることができないのだから。普段使うことが無いから、意識して見たことも無いだろう。

それは魔道具の回路だった。

しばらくじっと見つめていると、ケヴィンとトビアスが不思議そうにしているのに気付いた。ギルバートはすぐに、首飾りの裏側の台座を見せる。

「え、うわっ！　これ魔道具じゃないですか⁉」

「ソフィア嬢が持ってたんですよね。普通なら気付きそうですけど」

ソフィアが持っていたからこそ、気付かなかったのだ。まして用途も分からない代物だ。もし魔道具だと分かっていて、ソフィアに魔力があったとしても、不用意に起動させるのは危険過ぎる。

「でもこれ、どうやって使うんでしょう。副隊長は、魔道具の回路って読めるんですか？」

ケヴィンが興味深げに回路の流れを目で追っている。

魔道具の回路はその用途によって組み方が異なり、大抵は独特の紋様のようになる。それぞれの要素を繋《つな》ぎ合わせ重ね合わせて、特定の効果を生み出すのだ。

つまり、逆にそれぞれの要素をばらばらにして読み解けば、その魔道具が何なのかが分かることになる。この首飾りは台座に回路が彫り入れられている分、外観で回路を読むことができる。首飾りそのものを分解する必要は無さそうだ。

「複雑なものでなければ分かる。このまま解くか」

王城には魔道具の研究をしている部署もある。しかしそこに依頼して順番を待つよりも、分かるのならばこの場で解決した方が早かった。

ギルバートは抽斗《ひきだし》から紙の束とペンを取り出し、首飾りを見ながら紋様を描き写していった。

「ふぁー、よく分かりますねぇ。僕には無理です」

ケヴィンがギルバートの手元を見ながら言う。眉間に皺《しわ》が寄っている。本当に苦手なのだろう。

「解読するだけならそう難しいことではない」

基礎だけならパブリックスクールでも必修だったはずだ。

「俺は得意な方でした。手伝います」

トビアスは、ギルバートが描き写したものを部分毎に抜き出して描き始めた。ギルバートはそれを見て、いくつかの紙を描き直して並べ替えていく。その作業を繰り返し予測ができたところで、それぞれの回路の長さを元にいくつかの計算式を書き並べていった。

ケヴィンはしばらくの間はその作業を観察していたが、やがて意味が無いことを悟ったのか、レーニシュ男爵領の地図を広げて男爵所有の土地に印をつけていた。

ケヴィンが全ての土地に印をつけた頃、ちょうどギルバートとトビアスは回路の解読を完了させた。

「待たせた。起動する」

ギルバートが顔を上げて言うと、地図を広げて印をつけていたケヴィンががばっと勢いよく上体を起こした。

「本当ですか？　それで、何の魔道具だったんです⁉」

ギルバートはソフィアに魔力が無くて良かったと、このとき初めて思った。

もしもこれが魔道具であると知っていて、うっかり起動していたら。そしてそれを一人で見ていたならば。きっととても傷付いただろう。

「これは、首飾りの目線で録画ができるもののようだ」

「記録装置ですか！」

起動条件は、手の中で包むことだった。あまりに簡単過ぎて拍子抜けしてしまうほどだ。

ギルバートが手で首飾りを包むと、やがてダイヤモンドの奥から光が差し、像を結んだ。少し手を開くと、何も無い空間に映像が浮かび上がる。

撮影場所はどこかの夜会の会場のようだ。細身の男の胸元のアップと共に、華やかに踊っているように背景がくるくると動く。

「……げ。これ酔います、僕」

ケヴィンが情けない声を上げた。トビアスがその背を叩《たた》く。

「すぐに落ち着くだろう」

ダンスをしているのなら、そう長くはかからないはずだ。思った通りそれから数分も経《た》たずに動きは収まり、男が横に移動したのか、今度は会場全体が映し出された。その広さからして、あまり大規模な夜会ではないようだ。

「これ、数年前みたいですね。ドレスの形が少し前の流行ですよ」

「そうか」

やがて首飾りは廊下に移動し、どこかの個室に入った。

そこにいたのは、今より少し若く見える現レーニシュ男爵夫妻だ。しばらく何かを話しているようだったが、やがて男爵は動揺し、怒り始めた。首飾りの方へと拳を振り上げ——それを先程踊っていた相手の男が代わりに受ける。強い力だったろうに、男は少しよろめいただけでそこを動こうとはしなかった。

この首飾りは、ソフィアの母親である前レーニシュ男爵夫人の遺品だ。ならばこの男は、ソフィアの父親である前男爵で間違いないだろう。映し出された男は、確かにソフィアに面差しが少し似ていた。

また夜会会場に戻り、二人はしばらく会場で社交を繰り返しているようだった。しかしあまり経たないうちに会場を抜けて、馬車へと向かっていく。馬車の側《そば》には御者はおらず、前男爵が探しに行った。

前男爵夫人が身につけている首飾りが馬車の周囲を確認するような映像を写していたが、何も見つからなかったのか少しして元の位置に戻った。やがて前男爵が御者を連れてくる。気の弱そうな御者は申し訳なさそうに何度も頭を下げた。

馬車に乗り込んだのか、今度は向かいに座る前男爵の姿が映っている。真面目な顔で何かを話していたようだったが、途中口を噤《つぐ》み窓の外に顔を向けた。首飾りも視線を追うように窓を映し出す。

緩やかな山の中にも拘《かかわ》らず、そこから見えるのは切り立った崖だった。慌てたように映像がぶれる。揺れが強くなっているのか、速度が上がっているのか。扉を掴《つか》もうとした手が空を切った。

「えっ、わ、これ――事件当日じゃないですか！」

ケヴィンが叫ぶ。ギルバートは目を離すことも口を開くこともできなかった。

やがてこれまでになく馬車が大きく揺れ、映像が判別できなくなり――深い森の映像のまま動かなくなった。

しばらくして映像が消える。魔道具は魔力が無ければ作動しない。おそらく使用者が事切れたのだろう。この首飾りの使用者はソフィアの母親だ。それを思うと、ギルバートは平静ではいられなかった。

「……音が無かったですね」

トビアスがぽつりと言う。沈黙が支配していた会議室に、その声はいやによく響いた。

「そうだな。――この首飾りは……耳飾りと指輪が揃《そろ》いの物だと言っていた」

ギルバートはソフィアの言葉を思い出しながら言う。

「その法則だと、おそらく耳飾りが音声ですね。途中の言い争いの内容や、御者の証言も気になります。指輪は、スイッチの役割を果たすのでしょうか」

「副隊長っ、残りはどこにあるんですか？」

ギルバートはあの夜の星空を思い出す。頼りなげに涙で瞳を潤ませていたソフィアは、小さな罪とも言えない罪を告白していた。親の遺品を子供が受け継ぐのに、罪も何もないとギルバートは思っている。

「これは前レーニシュ男爵夫妻の葬式の日、並べられた形見の品から彼女が隠れて持ち出した物だそうだ。その後気付いたときには、値のつきそうなものは無くなっていたと聞いている。彼女は、男爵夫妻が売り払ったのだろうと言っていたが。――この魔道具の回路を見る限り、記録した本人にしか上書きができないもののようだ」

「こんな証拠品、誰かに売るはずありませんね。ダイヤモンドが使われた高価な品ですから、男爵の性格上、捨てることもできない。……となれば、きっとどこかに隠しているのでしょう」

トビアスの言葉に、ギルバートとケヴィンも頷いた。解決への道が一つ開かれたようだった。

◇　◇　◇

アルベルトは、久しぶりに王都のレーニシュ男爵邸を訪ねていた。

男爵邸の庭は表の道沿い以外荒れ放題で、一歩門から中に入ると、とても貴族の屋敷とは思えない。当主である男爵が庭にあまり興味が無いのか、それとも他に何か理由があるのか。いつも華やかな装いの男爵夫妻のイメージと荒れた庭が結びつかない。

アルベルトは首を傾《かし》げたが、直接聞くわけにもいかないだろう。以前来たときはどうだったかと考えたが、思い出せなかった。

ソフィアが社交界デビューをした夜会以来、アルベルトはビアンカに会っていなかった。あの夜、父親であるフランツ伯爵に家へ連れ帰られた後、珍しく怒鳴りつけられたのだ。そしてアルベルトは父親の説教から、ギルバートの持つ魔力とその特性を知った。

『レーニシュ男爵夫妻は何をやらかしたのか。詳しくはまだ分からんが、あの様子を見ていればただならぬことだとは分かる。アルベルト。私はお前とビアンカ嬢の婚約を破棄させるつもりだ』

『何を仰《おっしゃ》るのです、父上！　レーニシュ男爵が何をしていたとしても、ビアンカには関係のないことです。あの優しい子を、どうして見捨てることができましょう！』

ビアンカは言っていた。アルベルトがソフィアに贈った服が、気に入らないからと捨てられていたと。だから私が拾って使ってもいいかと。眉を下げて悲しそうに微笑《ほほえ》む表情は、アルベルトに優しかった。アルベルトが書いた手紙にソフィアが返事をくれなかったときも、ビアンカはアルベルトは魅力的で、それを理解できないソフィアの方がおかしいのだと励ましてくれた。

『アルベルト様は特別な方なのです。私をこんなに幸せな気持ちにできるのは、貴方《あなた》だけだもの』

小鳥が囀《さえず》るような、可愛《かわい》らしく華やかな声。ビアンカはいつだって、アルベルトを好きだと、特別だと言ってくれる。ソフィアには抱くことすら罪のように感じていた劣情を、ビアンカは嬉《うれ》しいと言って口付けをくれたのだ。

『ふん。それも事実だか怪しいぞ』

夜会でソフィアと偶然再会したときの、ビアンカのあの言葉。父はあれがビアンカの本性だと言うのか。確かにあのときは取り乱していたようだった。しかしそれまでは、アルベルトの前ではいつもしおらしく可愛らしく美しかったのだ。

たった一度の失態で判断するなど、心が狭いのではないか。

『ですが私は、ビアンカを愛して――』

『表面だけを見て判断するなと、私はいつも言っていたな。アルベルト、もう一度言う。私は、ビアンカ嬢とお前の婚約を破棄させる。この家を継げる男はお前だけではないこと……ゆめゆめ忘れるな』

アルベルトには歳《とし》の離れた弟がいる。まだ十歳になったばかりだ。まさか自分を廃嫡して、弟を後継に据えようと言うのか。

『父上、何を――』

『お前を教育し直すより、次を育てた方が早いのではないかと言っているのだ。分かったら、さっさとレーニシュ男爵家の者とは縁を切るんだな。全く……ソフィア嬢は上手《うま》くやったものだ。今ではフォルスター侯爵の正式な婚約者だ。こうなっては、誰も手は出せまい』

アルベルトは父のこれほど深い溜息《ためいき》を初めて聞いた。それはこれまでに無いとても大きな衝撃だった。

それからしばらくして、アルベルトはようやくビアンカに会いに行く決心をしたのだ。

「アルベルト様、いらしてくださったのですね……っ！」

ビアンカがアルベルトの元へと駆け寄ってくる。会った瞬間から瞳は涙を湛《たた》えているように潤んでいて、それは今にも溢《あふ》れてしまいそうだ。どうしようもなく庇護《ひご》欲が掻《か》き立てられる。

両手を広げてやると、ビアンカは迷い無くアルベルトの胸に身体《からだ》を預けてきた。背中に腕を回すと、豊かな胸の柔らかさを感じて鼓動が速まった。合わない間に、また大人に近付いたのだろうか。アルベルトはビアンカに困惑を気付かれないように、抱き締める力を強めて顔を隠した。

「ビアンカ、しばらく会いに来られなくてごめんね。あの夜も、送ってあげられなくてごめん。夜会の後、どうやって帰ったんだい？」

「歩いて帰るしかないと思いまして……王城を出たのです。ですが家は意外と遠くて、私には無理でした。それで困っていたら、親切な方が馬車に乗せてくださいましたの」

アルベルトは驚いた。腕の力を緩めると、ビアンカはすぐにするりとそこから抜け出してしまう。

「その人の馬車に乗せてもらったのかい？　貴女《あなた》は、初対面の知らない男の馬車に乗ったのか？」

どうしても責める口調になってしまう。その人が無事家まで送り届けてくれたから良いものの、万一にも悪人ならどうするつもりだったのか。悪人ではなかったとしても、ビアンカはこんなに美しいのだ。自分の身体を思うなら、男の馬車に乗るべきではない。

確かに男爵邸は貴族街の中でも端の方ではあったが、なんと無謀なことをしたのか。王城に言えば、馬車を用意させることもできたはずだ。

「ではアルベルト様は私に、家まで歩いて帰るべきだったと仰るの？」

ビアンカが小首を傾げて可愛らしく微笑んだ。アルベルトはその仕草に絆《ほだ》されそうになる。

そうだ、歩いて帰るなんてもっと危険だ。しかし、最初は歩いて帰ろうとしたと言っていなかったか。アルベルトは父親であるフランツ伯爵の言葉を思い出しながら、言葉を重ねた。

「そうじゃないよ、ビアンカ。何かあっては危ないと言っているんだ」

宥《なだ》めるように言うと、ビアンカは嬉しそうに笑った。アルベルトも安心して肩の力を抜く。

「――アルベルト様は、私を心配してくださったのね」

いまいち伝わっていないような気がしたが、ビアンカが笑っているから良いだろう。アルベルトはほっとして笑みを浮かべた。ビアンカがアルベルトの腕を引く。

「ねえ、アルベルト様。久しぶりにお会いできて嬉しいですわ！　もっとゆっくりお喋《しゃべ》りしましょう？」

甘い声で腕を引かれ、抗《あらが》える者などいないだろう。こんなにも可愛い婚約者を、捨てることなどできるはずがない。

居間に移動し、向かい合ってソファに座った。紅茶を口に運びながら楽しそうに何気ない会話をするビアンカは、あの夜の姿とは繋がらない。アルベルトはどうしようかとしばらく悩み、それでも話をするべきだと口を開いた。

「ソフィアはフォルスター侯爵と正式に婚約したらしいね」

アルベルトにとって、ソフィアはかつての婚約者だ。自身の手紙には返事をせず、贈り物は捨てられ、会いに行っても顔を出さない。

前男爵夫妻が亡くなってから、ソフィアは変わってしまった。

アルベルトにとっては幼い頃からの婚約者だった。悩んでいるのなら助けたいと思ったこともあったが、そのような態度をとられてしまっては、その気持ちも萎《しぼ》んで当然だろう。

それでもビアンカにとっては従姉《いとこ》だ。以前、家を出て行って心配していると言っていた。夜会のあの言葉も、きっと再会に驚いて言ってしまっただけではないか。

しかし、夜会にいたソフィアは美しかった。アルベルトの記憶の中のソフィアは、身なりに気を遣わない、いつまでも子供のような、大人し過ぎる令嬢だったのに、いつの間にあんなに綺麗《きれい》になったのか。

「そのお話はお止めください、アルベルト様。私、ソフィアのあの言葉……許せませんの」

「……ビアンカ？」

ソフィアが何か失言をしていただろうか。むしろあの場で失言をしたのはビアンカだったと思う。

アルベルトすら耳を塞いでしまいたくなるような言葉をソフィアにぶつけていたはずだ。

「いえ。従姉妹《いとこ》同士の、くだらないすれ違いですわ。アルベルト様はお気になさらないで」

ビアンカはふふふと微笑んで、カップで口元を隠した。彼女は今、一体何を思っているのだろう。

「そうか。分かったよ、ビアンカ。もうこの話はしない」

分かったと口では言いながら、その実、アルベルトは全く理解できていなかった。

確かに目の前にいるのはいつもと同じビアンカなのに、この違和感は何なのだろう。ソフィアだってそうだ。夜会で見た儚《はかな》げな姿は、気に入らないからといって物を捨てるような女には見えなかった。

アルベルトは日が沈む前にレーニシュ男爵邸を辞した。男爵夫妻は出掛けていたらしく、顔を見ることは叶《かな》わなかった。

もう既に父は話をしているのだろうか。婚約破棄の話がビアンカの耳に入るのはいつだろう。そのとき自分は、どうするのだろう——今のアルベルトには、答えが見つからなかった。

◇◇◇

ソフィアは、トランクに纏《まと》めた荷物をギルバートに手渡した。ギルバートがそれを慣れた手つきで馬に括《くく》りつける。ギルバートがソフィアを抱き上げて黒毛の馬の背に乗せた。ソフィアはどきどきしながらも、胸に懐かしい感覚がよぎった。この馬に乗るのは、ギルバートと出会った日以来である。

すぐにギルバートが後ろに乗り、手綱を握る。今回は二人用の鞍《くら》で、そのときよりもずっと安定感がある。ケヴィンとトビアスもそれぞれの馬に乗り、腹を蹴った。

レーニシュ男爵領までは馬車で三日半、馬で二日程度の距離である。

雪が積もった山での馬車は危険であり、また迅速に捜査を進めるため、男爵領までは馬で行くことになった。これならば、男爵邸の使用人や領地の者にも捜査のために騎士団が来たことは気付かれないだろう。

更に合同捜査の人員を特務部隊と第二小隊に分け、それぞれが旅人と商人に変装して行くという念の入れようだ。第二小隊はソフィアがいるので、商材を買いつけに来た商家の娘と商人と、その護衛の体をとっている。

初めて乗ったときは王家の森から王城までの短距離だったが、今回の旅はずっと馬の上である。半刻ほど走ったところで、ソフィアは我慢できずに口を開いた。

「ギルバート様……っ！　あの、どれくらい馬の上なんでしょう？」

不安定な揺れる鞍の上、ソフィアは身体中に力が入っていた。しかも馬は走っている。歩いているのではないのだ。ギルバートは気を遣ってくれているようであるが、それでいてソフィアの恐怖は理解してはいないのだろう。

「そうだな。数時間毎に休憩を取る。ずっと走っていると、馬達が疲弊してしまう」

「そう、ですか。分かりました……っ」

ソフィアはギルバートの腕に縋《すが》りつくようにして身を預けた。久しぶりの馬上はやはり怖い。両足には落ちないようにと力が入っているし、腰はバランスを取るのに精一杯だ。肩にも力が入っている。

ギルバートが、僅かに口元を緩めた。

「顔を上げて遠くを見ろ。馬も悪いものではない。世界が広がる」

そう言われても、すぐにできるものではない。しかしギルバートはソフィアのためを思って言ってくれているのだから、従わないわけにはいかない。ソフィアはおそるおそる少しだけ顔を上げては俯《うつむ》いてを繰り返す。

斜め後ろを走るケヴィンが笑って、大きな声で話しかけてきた。

「思い切って顔を上げてごらんよ、ソフィア嬢。その方が怖くないから」

「ソフィア、大丈夫だ」

ギルバートが対照的な柔らかな声で励ましてくれる。

ソフィアは思い切ってぎゅっと顔を上げ、周囲を見渡した。

「う、わあ……っ！」

それは見たことのない風景だった。

いつの間に王都の中心地を出ていたのか、整備された道の左右には広々とした農地が広がり、そこに先日降った雪がまだしっかりと残っている。太陽の光が真っ白な雪を宝石や絹のように輝かせ、まるでドレスの生地を広げたようだ。融《と》けかけの雪すら、繊細な刺繍《ししゅう》のように美しい。

木々の茶と葉が印象的な輝く白い世界が、ソフィアの心をときめかせた。

「この辺りの農地は王城で管理しているもので、品質も良い。ここから次の街まではずっと平原だ」

長距離を走らせるためだろう。落ち着いてみると、初めて乗ったときよりも速度は緩やかなようだった。ソフィアはギルバートの腕に縋《すが》りながらも、景色を楽しむ余裕が出てきている。馬車の中からでは、この広大な景色は見ることができなかっただろう。

ソフィアは夢中で前を見ていた。

それから休憩を挟みながら領地一つ分を駆け抜けた。途中の街で食事を済ませ、そこで宿泊する宿を確保する。広くはないがそれぞれ個室で、ゆっくりと休むことができそうだった。

ソフィアはギルバートにトランクを運んでもらい、部屋で一息ついた。分厚いコートを脱ぐだけでもほっとする。こんな旅は初めてで、ソフィアはどきどきしていた。

同時にどうしても不安がある。叔父母の罪と、男爵領の今。知れば知るほど、実際に見るのが怖いと思っていた。

落ち着いてみると乗馬に慣れていない身体はあちこちが痛くなっている。誰も見ていないのを良いことに、ソフィアは両手を組み合わせて思い切り身体を伸ばした。

「ソフィア、少し良いか？」

扉が叩かれ、ギルバートの声がした。ソフィアは慌てて衣服を整え、ギルバートを部屋へと招き入れる。端にある椅子に向き合って座り、水差しの水をコップに注いだ。

「ありがとうございます、ギルバート様」

ギルバートはここまでソフィアを支えながら馬を駆ってきたのだ。疲れているだろうと思ったが、ギルバートは全くそんな様子を見せない。

「いや、大丈夫だ。ティモもソフィア一人くらい問題無い」

「ティモ……？」

「馬の名前だ」

ギルバートが少し口角を上げる。ソフィアはその名前を初めて知った。いつもギルバートが乗っている、今日も乗ってきたあの黒い馬のことだ。

「では、ティモにもお礼を言わないといけませんね」

ギルバートと話していると、それがどんな状況であってもソフィアの心は軽くなってくる。

全く知らない場所で、今はギルバートもソフィアも身分を隠すために簡素な服を着ている。いつも側にいてくれるカリーナもいない。普段と違うことだらけで、どうしても心細かったのだ。

会話の途中、ギルバートがおもむろにポケットに手を入れ、摘《つま》むようにして小さな何かを取り出した。

「――ソフィア、手を出してくれ」

言われるがままに、手の平を上にして両手を前に伸ばす。ギルバートは一度苦笑して、ソフィアの左手だけを手に取った。甲を上にされ、その小指に小さな指輪が通される。冷えた金属の温度が、指輪の存在をより強く感じさせる。

細く華奢《きゃしゃ》な指輪は蔦《つた》が絡むようなデザインで、ソフィアの小指にぴったりと収まっていた。上品な白金に小さな藍晶石がついていて、とても可愛らしい。

「ギルバート様。あの、これは……？」

首を傾げると、ギルバートはソフィアの左手の甲にそっと唇を寄せた。急に左手の感覚が鋭敏になって、そこから熱が広がっていくような気がした。

「急ぎ作らせたものだ。出掛けている間は持っていてほしい」

「これを、私に？」

「ああ。気に入ってくれると良いのだが」

　ギルバートはソフィアの小指に嵌《は》まった指輪を見て、それからソフィアの顔を見た。ソフィアは藍晶石の色がギルバートの瞳の色とよく似ていることに気付いた。高価そうなのは気が引けるが、ギルバートの色のものを贈られるのは素直に嬉しい。

「──ありがとうございます。ですが、出掛けている間……とは？」

「それは魔道具で、魔石の原理を応用したものだ。私の耳飾りと連動して、魔力を流している。左手なら、ソフィアでも魔道具も使えるはずだ。男爵領に入れば、ずっと側にいるわけにもいかない」

　ギルバートは右耳の小さなイヤーカフを見せる。それは揃いのデザインのようで、やはり小さい藍晶石がついていた。ソフィアは目を見張った。そんな魔道具が作れることも驚きだったが、それは、ソフィアにギルバートの魔力を使えということか。

「しかし、それではギルバート様が」

「この程度の魔力では何ともない。ただ……その。お前がその指輪を使うと、私にはお前の居場所が分かってしまう。魔力を流すという機能上、どうしても察知してしまうから──」

　ギルバートは気まずそうに目を逸《そ》らした。しかしソフィアには、それの何が問題なのかよく分からない。ソフィアの不自由を心配してくれたのだろうか。しかしソフィアにとっては、ただ居場所をギルバートに知られるだけだ。むしろ、その方が安心できるような気さえする。

「あの。私は……気にならないです、よ？」

「──そうか？」

「はい。ありがとうございます、心配してくださって」

　これまではアンティーク調度を使うか、カリーナに手伝ってもらって生活していたのだ。確かに今のままでは、旅の最中、暖房をつけることも、入浴をすることも、水を飲むことも一人ではできないだろう。

かつてレーニシュ男爵邸では、そのせいで不自由な暮らしをしていた。今のギルバートが、その頃のソフィアまでまるごと救ってくれたような気がする。魔力を貸し与えるほど信頼しているのだという意思表示に、ソフィアの心はぽかぽかと暖かくなった。

ギルバートはソフィアの返事に、安心したように微笑む。

「慣れない馬での旅で疲れただろう。今夜はゆっくり休んで、明日に備えてくれ」

立ち上がったギルバートに従って、ソフィアも見送ろうと立ち上がる。扉の前で、ギルバートがソフィアの髪をくしゃりと混ぜるように撫《な》でた。その幸福で優しい感触に、鼓動が大きく鳴る。

何があっても、今だけは、ソフィアは誰よりも幸せな女の子だ。

「ギルバート様もゆっくりお休みになってください。私も、あの……」

ギルバートに何かできないだろうか。ずっと馬を走らせていたギルバートは、ソフィアよりずっと疲れているはずだ。貰《もら》った愛情の分、何かを返したい。思いつく限りのことを頭に浮かべて、自ら赤面してを繰り返す。

ギルバートが、黙り込んでしまったソフィアを見下ろしている。自分がした想像が恥ずかしくて、これ以上顔を見ていられなくて、ソフィアは逃げるように目を閉じた。

「ソフィア」

しばらくして呼ばれた名前は、甘く蕩《とろ》けるような音だった。

おそるおそる目を開けると、ソフィアに合わせて屈《かが》んだギルバートの顔がすぐ近くにある。藍色の宝石のような瞳が、ゆっくりと瞼《まぶた》に隠れていく。

ソフィアが慌ててまた目を閉じると、くつくつと喉の奥で笑う音が聞こえ——すぐに唇にゆっくりと柔らかなものが触れた。この口付けがしたかったのだ。ソフィアの緊張がふわりと解れていく。離れてしまった唇に、ほんの少しの寂しさを感じた。

しかしそれでは終わらなかった。気を抜いたソフィアに、ギルバートはすぐにまた口付ける。角度を変えて何度も重ねられるそれに、ソフィアは息の仕方が分からなくなってしまった。触れ合っているだけなのに、少しずつ意識がふわふわとしてくる。

「ギ、ルバート……様っ」

隙間から声を上げると、ギルバートがゆっくりと離れていった。ソフィアは荒く呼吸をする。満たされていく酸素と共に、顔に熱が集まっていく。

「おやすみ、ソフィア」

ぐしゃぐしゃと雑に撫でられ、柔らかい髪が乱れた。慌てて両手で頭を押さえると、ギルバートはすぐにソフィアから手を離して部屋を出て行ってしまった。


昨夜を思い出してギルバートの顔を見られないままのソフィアを、ギルバートは当然のように馬上に乗せた。触れる身体にどうしても頬が染まる。

先へ進むほど景色は次々と移り変わり、夕暮れの頃には目的地で速度を落とした。

「——男爵領に入る」

ギルバートが呟《つぶや》いたのは道に現れた小さな門の手前だった。国境線に接しているわけではなくあまり大きくもない男爵領は、警備もほとんどなく、出入りはほぼ自由である。ソフィアが覚悟を決めて両手を握り、巻き込むようにしてギルバートの袖を掴んだ。

レーニシュ男爵領に入ってからもしばらくは平坦な道が続き、やがて家が建ち並ぶ小さな町に出る。すっかり夜だ。魔道具の明かりに照らされた町には新しい建物はなく、どこの家も店も少し古ぼけた印象だった。

それでも宿は数件あり、その中で一番大きいところに四人分の部屋を取る。それぞれ荷物を置き、そのまま一階の飲食店で合流した。

「疲れたか？」

階段を下りてきたソフィアの手を取ったギルバートが小声で問いかけてくる。ソフィアは小さく首を振って否定した。

「いえ、大丈夫です」

本当は少し疲れていたし身体も痛かったが、警戒して周囲に気を張っているギルバート達よりはずっと楽だろう。あまり甘えたことを言いたくはなかった。

ソフィアも皆を真似《まね》して意識して聞こえてくる会話に耳を澄ましてみるが、収穫は無い。そもそも一番大きな宿のはずなのに、客があまり多くなかった。

ケヴィンとトビアスがメニューを見て、慣れた仕草でいくつかの料理を注文する。カウンターの向こう側に並ぶ大皿から、店員が小皿に取り分けて運んでくれた。

「ねえ、お姉さん。この辺りの特産って何？」

ケヴィンがにこにこと人懐こい笑顔で声をかける。ソフィアより随分と歳上であろう女の店員は、つられてぱっと笑顔になった。

「皆さん旅の人だよね？　そうね、特産っていうと、この豆かな」

店員はスープの中に入っている小さな黄色い豆を指している。ソフィアは懐かしい気持ちになった。

「……カルナ豆だわ」

ソフィアが言うと、店員は驚いたように目を見張った。

「あら、詳しいんだねぇ。あんまり有名じゃないと思ってたんだけど」

「そ、そうなんですか……？」

ソフィアにとっては幼い頃から馴染《なじ》み深いものだった。やはり商人という設定に無理があっただろうか。こういうときは、どう誤魔化せば良いのだろう。困っていると、それまで黙っていたギルバートがちらりとソフィアに目を向けた。

「さすが、詳しいな。私ももっと知識を増やさなければ。その豆は、他の地域ではあまり食べられないのか？」

ソフィアはギルバートが話を誤魔化してくれたことに安堵《あんど》した。しかしなおも続く会話は、ソフィアに気を緩めることを許してくれない。

「そうねぇ。外のことは分からないけどさ、王都には無いって言ってたよ」

「王都には？」

ソフィアが首を傾げると、店員は困ったように眉を下げた。それから少し身を屈めて、内緒話をするように声を落とす。

「そう。……大きな声じゃ言えないんだけどさ、先代の領主様が亡くなる前に、カルナ豆を他の土地にも広めようって話があったのよ。交易でここをもっと栄えさせようって」

真っ先に反応したのはトビアスだった。

「良い考えですね、俺も賛成です。せっかくなので持ち帰って売ってみましょうか？」

「あら、やっぱりあんた達商人なんだね？　……随分と見目の良いのもいるけど」

トビアスが、ギルバートとソフィアに目を向けて苦笑する。ソフィアは慌てて顔を隠しているマントを少し深く被《かぶ》り直した。ソフィアの顔を見たら、レーニシュ男爵の縁者だと気付かれてしまうかもしれない。ケヴィンが手をぱたぱたと動かしている。

「いやー、王都って人が多いんでー。目立たないとですから！」

言い訳になっているのか怪しいと思ったが、どうやら店員は疑っていないようだ。むしろ納得したような表情をしている。それで良いのか。

「そうそう、それでね。新しい領主様になってから、その計画も無くなっちゃったのよ。毎年税金も上がるから、この辺りは最近じゃカルナ豆がすっかり主食よ。だから商人さんには売れないね。お金だけあっても、食べ物が無いんじゃ生きていけやしない」

店員は愚痴と共に深い溜息を吐《つ》いた。

ソフィアはその言葉に、目の前のスープを見る。美味《おい》しいスープだと思ったが、その中には細かく切られた根菜とカルナ豆しか入っていなかった。客に出すスープでこれなのだから、領民が食べる分はもっと少ないだろう。

ソフィアは俯いたまま口を開く。

「あの……そんなに、酷《ひど》いんですか？」

その店員をソフィアは知らなかった。それなのに、この追い立てられるような、急《せ》かされるような気持ちは何だろう。

「あ、なんかごめん。お嬢さんにはショックだったかな？　……でもね、ここ数年は、余計に生活は厳しくなるし、人攫《さら》いも出るし、柄の悪いのも増えるし、自警団も当てにならないしで、この土地の人は減る一方だよ。あんた達も気をつけた方が良いよ。この辺り、夜はあんまり治安が良い方じゃないから。お嬢さん、可愛いしね」

「そう、ですか……。ありがとうございます」

ソフィアはどうにかそれだけ言うことができた。ソフィアの知っていた穏やかで長閑《のどか》なレーニシュ男爵領は、どこに行ってしまったのだろう。

「──ソフィア様はどうされてるのかねぇ」

「え……？」

突然出てきた自分の名前に、ソフィアは顔を上げた。どきりとした。この宿で、ソフィアは名乗っていない。しかしどうやらその心配は杞憂《きゆう》だったようで、店員は首を左右に振って小さく笑った。

「ああ、そうか。あんた達は知らないわね。先代領主様の一人娘でね、可愛い子だったのよ。私も何度か見かけただけだったけど、今の領主様になってからすっかり見なくなって──」

あの領主様に虐《いじ》められたりしてないと良いけど、とどこか寂しそうに冗談のように呟き、店員は別の客の呼び出しに応えてその場を離れた。

自分を心配する領民がまだいてくれる。その事実が、ソフィアを打ちのめした。今のソフィアは彼等のために、何もできていないのに。ただ守られて、立っているのがやっとだ。

「……ソフィア嬢」

周囲には聞こえないほどの声で、トビアスがソフィアの名前を呼んだ。はっと気付いてそちらを向くと、真面目な顔のトビアスと目が合う。

「大丈夫ですか？」

「あ、ごめんなさい。私……大丈夫ですから」

ちゃんと笑えただろうか。フォルスター侯爵家で家庭教師から学び以前より上手くなった作り笑顔は、心を隠すのに便利だった。ギルバートがじっとソフィアを見ている。

誤魔化すようにスープを口にすると、途端に優しい味が口いっぱいに広がった。カルナ豆はさらりとして微《かす》かに甘みがある。幸せだった頃を思い出させるような懐かしい味が、何もできないままのソフィアを慰めてくれたような気がした。

「いってらっしゃいませ、お気をつけて」

ソフィアは宿の前で手を振った。

「本当に良いのか。やはり一人残して――」

「ギルバート様、私は大丈夫ですから」

今日、ギルバート達は特務部隊と合流して捜査の進捗について報告をするらしい。その後は合同捜査に移るようだ。

どうしても誰か一人を護衛として置いていこうと言うギルバートを説得したのは、ソフィア自身だった。ソフィアも何か役に立つことがあると信じてついてきたが、それは今ではない。本音は一人でいるのは不安だったが、そのためにギルバート達の仕事の邪魔をしたくはなかった。

ギルバートとケヴィンとトビアスがそれぞれ馬に乗って出掛けるのを見送り、ソフィアは宿の中へと戻った。

残されたソフィアは、外出をしても良いが町からは出ないようにと言われていた。特にすることを決めているわけでもなく、何となく紅茶でも飲もうかと、昨夜も行った宿の中の飲食店に向かう。

「あら、おはよう」

ソフィアは不意に声をかけられて振り返った。そこには、昨日話をした店員がいる。

「おはようございます、ええと」

「アルマよ、よろしくね。貴女は？」

「アルマさん、ですね。私は……フィーと言います」

本名を名乗るわけにはいかない。ソフィアは咄嗟《とっさ》に適当な名前を口にして、誤魔化すように笑みを浮かべた。アルマがソフィアに店の椅子を勧める。

「今日はあの三人とは一緒じゃないの？」

「あ、はい。あの……今日は私、お留守番なんです」

一人でも、少し外を歩いてみようか。ギルバートに貰った指輪もあるのだから、不自由することはないだろう。そう思いつつ、一方で外への恐怖が無くなったわけではない。ソフィアはどうしようか決めかねていた。

「そうなの。――それならせっかくだし、町を見てきたらどう？　昼間は比較的安全だし。この時間ならマーケットもやってるし、教会でちょっとした小物とかお土産も売ってるから。きっとフィーさんも楽しめるんじゃないかな」

ソフィアはアルマの提案に僅かの間逡巡《しゅんじゅん》した。そして、あることが気になって、行くことに決めた。

「ありがとうございます、行ってみます。あの、もし昨日一緒にいた三人が先に戻ってきたら、教会に行ったと伝えていただけますか？」

ソフィアがレーニシュ男爵家にいた頃、ビアンカはソフィアが作った刺繍の小物を教会のバザーに寄付していた。ソフィアが男爵家を出た後、あれはどうなっているのだろう。領内に教会はいくつもあるが、大きな教会は三ヶ所だけだ。そして普段から小物の販売等をしている教会は、その三ヶ所の一つである可能性が高いだろう。

「勿論《もちろん》だよ。気をつけていってらっしゃい！」

アルマに見送られ、ソフィアは宿の外へと出た。話の通り、まだ昇ったばかりの太陽が斜めに差し込んでいる時間、マーケット目当ての人々が籠を片手に大勢道を歩いていた。夜とは比べ物にならない活気ある町に、ソフィアの心も少し軽くなる。

教会はすぐに見つかった。少しひびの入ったくすんだ白い壁に、不釣り合いなほど美しく磨かれたステンドグラスが印象的だ。丁寧に手入れがされているが、修復費用の方が間に合っていないことが分かる。

ソフィアは石段を上り、大きな木製の扉をゆっくりと引いた。隙間から中の様子を窺《うかが》うと、子供らしい少し高い声がかけられる。

「ようこそ！　お祈りですか、お買い物ですかっ？」

驚いて扉から離しかけた手を、思い切ってぐいと大きく引いた。中はすっきりと片付けられていて、奥に大きく立派な祭壇がある。ステンドグラスには天使達の姿が描かれていた。シンプルだが洗練された空間はいかにも教会らしい佇《たたず》まいだ。

入り口の扉のすぐ横には長テーブルが置かれ、その上に小物や菓子が並んでいた。子供が三人、店番をする大人さながらに、テーブルの周りでにこにこと笑っている。

「こんにちは。ええと……先にお祈りをしますね」

ソフィアは子供達に声をかけてから祭壇の前まで進み、膝をついて両手を組み合わせた。ステンドグラスの向こうから差し込む光が、シンプルな室内を幻想的に照らしている。願うのは、ギルバート達の無事と、領民達の幸せだ。生者への祈りは気休めでしかないとどこかで感じながらも、願わずにはいられない。

祈りを済ませ、ソフィアは長テーブルの前に移動した。あまり人が来るわけではないのだろう、菓子は日持ちのする焼菓子が中心だ。続いて小物の方を見て、ソフィアは目を見張った。

「お姉ちゃん、どうしたの？」

動かないソフィアの袖を、簡素なワンピース姿の女の子が不思議そうにくいくいと引いている。その感覚に引き戻されるように、ソフィアはゆっくりと口を開いた。

「え、ええ……あの。これって、どうしたの？」

そこにあったのは、鳥と花の刺繍が入った小物だった。ハンカチが多いが、それ以外にポプリや小さな袋もある。少し乱れた針目のそれは、ソフィアが以前作っていたものと同じ絵柄だった。

「これは、ビアンカ様がくださった刺繍を真似して、僕達で作りました。えっと、ビアンカ様は領主様の子で……」

一番歳上らしい男の子がはきはきとソフィアに説明する。ビアンカがくれた刺繍とは、つまりソフィアがかつて作ったものだろう。作ったのがソフィアだと伝わっていなくても、それを真似してくれていることが、擽《くすぐ》ったくて少し嬉しい。

子供相手だからか、ソフィアもあまり緊張せずに話ができた。

どうやら少し前にあったバザーは、自分達で作った物だけで参加したらしい。自分を説得するように健気《けなげ》にビアンカを庇《かば》う子供の姿を、ソフィアは安心すると同時に悲しく思った。やはりビアンカは、ソフィアがいなくても、自分で作ろうとはしなかったのだ。

今日の夜ギルバート達と一緒に食べるために、ソフィアは焼菓子を四個買って帰ることにした。小銭を渡し、菓子を受け取る。

「お姉ちゃん、ありがとう！」

女の子が無邪気な笑顔で言う。

こんなに可愛らしく元気な子供達も、親がいないのだと思うと居《い》た堪《たま》れない。ソフィアは、両親が死んでしまっても、暮らす家があった。窮屈な生活だったが、叔父達はソフィアをあの日まで放り出すことはなかったのだ。それは、アルベルトと婚約をしているという立場故のことだったとしても、ソフィアは運が良かったのだろう。

「いいえ、私の方こそ……ありがとう。皆と話せて楽しかったわ」

ソフィアは扉に手をかけて振り向いた。

「お姉ちゃん、また来てねー！」

ぱたぱたと手を振る子供達の中で、年長らしい男の子だけは綺麗な姿勢で頭を下げている。その姿が微笑ましくて、ソフィアは片手を左右に振って子供のようなさよならをした。

◇　◇　◇

同じ頃、ギルバートはケヴィンとトビアスを連れて、別の宿の一室にいた。そこは特務部隊が宿泊している宿だ。

「まあ、予定通りだったのではないですか？　令嬢を連れての旅なので、もっと遅くなるかと思いました」

フェヒトがふんと鼻を鳴らした。

特務部隊はギルバート達とは異なり、レーニシュ男爵のマナーハウスがある領地の中心地の高級宿に部屋を借りていた。男爵家に近くなる代わりに、移動時間がかからないことが長所だった。違法商品の生産拠点を探す特務部隊にとっては、人が最も多い場所の方が好都合なのだろう。

部屋が広いお陰で、こうして内密の会議をすることもできる。

「いえ」

ギルバートはフェヒトの言葉の端々にある嫌味を全て無視した。いちいち相手にしていては、話が進まない。

「先にこちらに来て、捜査の進捗はいかがですか」

「レーニシュ男爵の所有地の捜査を進めていますが、それらしい建物は発見できていません。外観は普通の家のようなものが、三軒ありました。しかし、生産場所の条件は日の光が届かないことですので、地下室などがあればその建物である可能性もあります」

現時点で、レーニシュ男爵への容疑は固まっていない。捜査令状が無いため、内部の捜査ができないのだ。張り込みはしているが、めぼしい成果は無いとのことだった。

「こちらは昨日到着したばかりですが、五年前の事件現場から調べていこうと考えています」

「それが良いでしょう」

ギルバートの言葉にフェヒトも口角を上げて頷いた。

問題は多く、事件は一つではない。しかしギルバートがソフィアから首飾りを預かって以来、合同捜査全体の士気は上がっていた。録画されていた争いの内容が判明すれば、それが決定的な証拠になるかもしれないというのがその理由だ。

揃いだという耳飾りと指輪の捜索は、今も進められている。王都で宝石商にも聞き込みをしたが、目撃証言は無かった。レーニシュ男爵邸のどこかに隠されているだろうというのが、第二小隊と特務部隊の共通の見解だった。

「領内で行方不明者が複数出ている件については、お聞きになっていますか」

「はい。誰が、というのはわかりませんが、人身売買か奴隷でしょう。もしかしたら、労働力を集めているのかもしれませんよ」

フェヒトはそう言って、にいっと笑みを深めた。

ギルバートは思わず眉間に皺を寄せた。つまりそれは、安易に攫った者を売って金を稼いでいるか、正規の手続きで人を雇えない場所で強制的に労働させているということだ。容疑はどうしても、レーニシュ男爵に向く。

「それは……攫った人に生産させている可能性が」

トビアスが誰に聞かせるでもなく言った。特務部隊の隊員達が、小さく頷いている。

ギルバートは上着の陰で拳を握り締めた。ここは、ソフィアが今も大切に思っている領地なのだ。そこで人々が傷付き、犯罪が行われている。看過できることではない。

いずれにせよ、少しでも早く事件を解決させなければ、被害者は増える一方だろう。それぞれの捜査範囲を相談し、その日の会議は終わった。


「本当に出掛けたのか」

宿に戻ったギルバートは、いつもの質問に対するソフィアの答えを聞いて目を見張った。

町から出るなとは伝えていたが、これまでのソフィアからして、宿からも出ていないのではないかと思っていたのだ。良くも悪くも期待を裏切られたと言える。

「いけませんでしたか……？」

不安げな瞳が揺れていた。ギルバートはすぐに首を左右に振ってソフィアの言葉を否定した。

「いや。外へ出ようとするのは良いことだ」

狭かったソフィアの世界を最初に広げたのはギルバートだ。レーニシュ男爵領に連れてきたのは事件解決のためであったが、ソフィアが少しでもこれまでの人生と折り合いをつけることができればと思ってのことでもある。

小さいテーブルの上には、土産にと買ってきてくれたギルバートの分の焼菓子が置かれている。その控えめな心遣いが嬉しかった。

ソフィアがふわりと柔らかく笑った。

「私達は明日も調査に出る。ソフィアには、ケヴィンをつける」

今日の会議で、来週には合流してレーニシュ男爵邸とその関係施設を捜索することになった。その日はソフィアにも共に来てもらうことになるだろう。令状が無い今、レーニシュ男爵家の者がいれば、任意捜査として踏み込める場所がたくさんある。

ソフィアの身の安全は、特務部隊にとっても最優先事項として取り扱われることになったのだ。

本当はギルバートが側にいたかったが、明日はトビアスと共に事故があった崖に行くことにしていた。貴族の馬車の事故で死者が二人というのは、おかしなことだ。御者はどこにいたのか。ギルバートの魔力があれば、新たに分かることもあるかもしれない。

「ご迷惑ではありませんか？　騎士様がいらしてくださるのは、心強いですが……」

ソフィアが少し俯いた。繋いでいる手が微かに震えている。健気な姿がいじらしく、側にいる時間に癒《いや》される。

「いや、構わない。お前にとっては、町の声を聞くことも必要だ。何か気付くこともあるだろう」

「ありがとうございます」

それはきっとソフィアの未来にも繋がるはずだ。ギルバートは繋いだ手を握り直した。

「……無理はするな」

声はどうしても硬くなってしまう。ソフィアは疑問もあるだろうに、何も言わずに素直に頷いた。

「はい、ギルバート様」

今日ソフィアが出掛けたという教会は、宿のすぐ近くだった。その経営状態と評判から、真っ先に事件との関与は否定されている。夜は危ないが、ケヴィンと一緒なら、もう少し遠出をしたとしても安心だろう。

領地に着いてから、ソフィアはその現状を知る度に一喜一憂している。これまでほとんど外に出ていなかったというのは本当らしい。その原因が現男爵夫妻にあることも、ギルバートは嫌というほど知っていた。

「ソフィアは」

言葉を切ると、ギルバートは正面からソフィアを見つめた。ソフィアは逃げることなくまっすぐに見つめ返してくる。

「ここが……男爵領が好きか？　お前にとっては、良い思い出ばかりではないだろう」

生まれ育った場所であると同時に、多くを失った場所でもある。両親との思い出もあるだろうが、それを奪ったのもまた、この地だろう。

「──ギルバート様。私はそれでも、ここを……この場所を嫌いにはなれません。ギルバート様は、きっとご存知ないでしょう？　今はこんなになってしまっていますが……暖かくて、優しい、素敵な場所だったのです。だから、それを忘れてただ嫌うことは……私にはできません」

真摯な深緑色の瞳が、強い意思を持っていた。ギルバートは小さく嘆息し、肩の力を抜く。

「そうか、……それを聞いて安心した。ソフィアは変わらず、そのままこの領地を愛していてくれ。

いつかきっと――お前の記憶の中にあるようなこの場所を、私も共に見られたらと思う」

ソフィアが嬉しそうに笑みを浮かべている。ギルバートはその頭を撫でるようにして柔らかな髪に指を通し、さらさらとした感触を楽しんだ。少し目を細める姿が愛らしい。

この微笑みを守るためにも、ギルバートは少しでも早く事件を解決しなければならなかった。


翌朝、ソフィアとケヴィンの見送りで、ギルバートはトビアスと共に調査に出掛けた。目的地は馬車が転落したという崖だ。宿から一時間ほど馬を走らせたところで、馬を下りて適当な木に繋ぐ。

「ここですね」

「ああ、そうだ」

今は道として整えられているようだ。崖になっているところも、木の杭が打ちつけられてロープが張られていた。事故を受けて修繕したのだろうか。身を乗り出すようにして下を見ると、随分と深さがあるようだった。

「下に行く。トビアスも来るか」

「当然です。俺も行きます」

真面目なトビアスは少し顔を青ざめさせて言った。しかし複数人で確認した方が見落としは少ない。

ギルバートは比較的緩やかな斜面になっている場所を見つけて、自身とトビアスの足元に向かって魔法を使った。

「これで良い。滑っていく」

比較的緩やかな斜面とは言っても、ほとんど切り立った崖だ。しかし少しでも角度があれば、魔法で緩やかに滑り降りることができる。

ギルバートは一切躊躇《ちゅうちょ》することなく、何も無い空間に向かって一歩を踏み出した。

「もう何も残ってはいないだろうか」

ギルバートは落ち葉が積もった崖下で、誰に言うでもなく呟いた。見上げると、すっかり葉を落とした木々越しに空が覗《のぞ》いている。五年も前のことなのだ。現場に来ても分かることはあまりない。

「副隊長。ちょ……ちょっと待ってください。これ、大丈夫なんですよね⁉」

崖の上からトビアスの声がする。ギルバートは小さく嘆息する。図らずもトビアスの苦手なものを知ってしまったようだ。

「……私が降りた場所に、一歩足を出すだけだ。あまり時間が経つと、魔法が切れる」

「分、かりました……っ。待ってください、待ってくださいね……う、わっ」

がさがさと音がして、トビアスが降りてきた。魔法は問題無く効果が発揮されており、足がゆっくりと地面につく。

「大丈夫か」

「は……はい。失礼しました」

トビアスは顔色を失くしていた。高い場所が苦手だったのなら、悪いことをした。トビアスをソフィアにつけるべきだったか。

しかしトビアスも第二小隊の騎士らしく、すぐにいつもの調子を取り戻し、周辺を捜査し始める。調べながら、トビアスが口を開いた。

「――やはり、御者が生きているというのはおかしいと思います」

「ああ、私もだ」

もしもこの崖から落ちたのなら、ただでは済まないはずだ。まして季節は初夏だった。地面には落ち葉のクッションなど無い。

「シーズンオフの間の夜会で、隣領地の子爵家が主催だそうですね。子爵も共犯でしょうか？」

「いや、無関係だろう」

言い切れるのは、ギルバートがレーニシュ男爵の魔力の流れを読んだからだ。トビアスも承知しているためか、それ以上は何も言わない。

「だが不自然な点はある。子爵邸から帰るのに、この道を選ぶだろうか」

「確かに、俺なら選びません。遠回りだし道も悪い……不自然ですね」

見上げながら歩くと、ぽっかりと穴が開いたように空が綺麗に見える場所があった。その辺りの枝は悉《ことごと》く折れており、先が枯れているところもある。風を起こして落ち葉を舞い上がらせても、足元にあるのは春の準備をしている若芽ばかりだった。

◇◇◇

「あ、昨日のお姉ちゃん！」

ソフィアを見てぱたぱたと駆け寄ってきたのは、昨日も教会にいた女の子だ。

「こんにちは」

ソフィアは女の子に目線を合わせて、頭を軽く撫でた。ふにゃりと笑う顔が子供らしい。ソフィアも嬉しくて自然と笑顔になる。

「ふーん。お嬢さんが昨日来た教会って、ここのことかー」

ケヴィンは、外ではソフィアの名前を呼ばないことにしているらしい。ここはレーニシュ男爵領なのだ、確かにその方が安全だろう。ケヴィンは教会の中を珍しそうにきょろきょろと観察している。それを興味深げに見ていた女の子が、ソフィアの腕を引いた。

「ねえねえ、あのお兄ちゃんってお姉ちゃんの王子様？」

どきりとした。このくらいの歳頃は、絵本の中のお姫様と王子様に憧れるのだったか。そう気付いて、ソフィアは微笑ましくなる。

「えっ……違う、違うのよ。ええと、お姉ちゃんの王子様はね、今日は一緒じゃないの」

「そうなのー？」

女の子は残念そうに、ソフィアの腕を離さないままぷらぷらと揺らしている。

「――あっ、こらミア！　ごめんなさい、お姉さん」

走ってきた年長らしい男の子が、慌てて声をかけた。その後ろにもっと小さい子供が一生懸命足を動かしてついてきている。拗《す》ねたような表情の女の子――ミアは、ぱっとソフィアの腕から手を離して、その手を背中に隠した。

「良いのよ、気にしないで。ミアちゃんっていうのね。お兄さんの言うことをちゃんと聞いて、偉いわ」

「えへへ、だってデニスは怒ると怖いんだもん」

ソフィアはミアの言葉にくすくすと笑う。デニスと呼ばれた男の子は、やはり大人びた所作で肩を竦《すく》めた。

「僕はデニス、この子はルッツといいます。よろしくお願いします」

側にいる五歳くらいの男の子がルッツらしい。

「私は……フィーっていうの」

ソフィアは邪魔にならないように、子供達と話をすることにした。

その間に、ケヴィンは教会に来る人達からそれとなく聞き込みをすることにしたらしい。まだ午前中なのもあり人は多くないが、途切れることなくやってきていた。しかし子供達から小物や菓子を買う人はいない。

「皆、自分の生活で大変なんです、きっと。でも、僕達にもできるお仕事もあるから、これでも大丈夫なんですよ」

デニスが不安そうなソフィアに言う。

詳しく聞くと、十歳を過ぎた教会の子供達は、町の店の手伝いや荷運び等を日雇いでして、皆の生活の足しにしているそうだ。豊かな領地では孤児達にも教育を受けさせたり、生活に充分な寄付をしたりすることもあるが、ここはそうではないのだろう。

昼を過ぎると、しばらくの間人がほとんどいなくなる。子供達も形だけの店を片付け、食事と午後の仕事のために戻るようだ。

ケヴィンは最後の一人らしき男と、奥の方で話をしている。ソフィアは慣れたように荷物を纏める子供達を、入り口近くの長椅子に座って見守っていた。

　そのとき、それまで穏やかだった空間に似つかわしくない柄の悪い男が五人、正面の扉を開けて入ってきた。小声で話しているつもりのようだが、近くにいるソフィアにはその内容が聞こえてくる。

「あの子供で間違いないか」

「ああ、さっさと済ませちまおう」

　何のことだろうか。子供達は男達には気付かず、作業に集中している。男の一人が長テーブルに近付き、デニスの腕を掴んで引いた。ソフィアは思わず腰を浮かす。

「痛いな！　誰だよ――」

　振り返ったデニスが男を見て言葉を切った。その顔には恐怖がありありと浮かんでいる。

　側にいたルッツが今にも泣き出しそうに顔を歪めた。助けを求めようとしたのか、周囲を必死の形相で見回しているミアと――ソフィアの目が合った。

「何をしているのです……っ!?」

　思うより先に駆け出していた。腕を振り解こうともがいているデニスと男の間に入り、男の大きな手に手をかけてきっと睨《ね》め上げる。

　反射的に男は手を離し、デニスはソフィアの後ろで尻餅をついた。

　身長も体格もずっと大きな男が、予想外の乱入者であろうソフィアを見て鼻を鳴らした。

「何、お嬢ちゃん。どうしようっての」

「どうしようって。それは……貴方達の方です。――自警団を呼びますよ……っ！」

　精一杯の強がりで言う。俯けなかった。男から目を逸らすことすら怖い。足が震えているのが分かる。自分から飛び込んだのだ。今更引くこともできない。心臓の鼓動が大きく、耳元で警鐘を鳴らしている。

男達が下品な笑い声を上げた。

「自警団、ねえ。……お嬢ちゃん、これが何だか知ってるか？」

男は自らの左腕をソフィアの目の前に突きつけた。そこにあったのは、レーニシュ男爵家の紋が刻まれた腕章だ。色は緑。ソフィアは目を見張った。それは——その腕章は、レーニシュ男爵領の自警団に所属している証《あかし》だ。

「これは——」

ソフィアは恐怖も忘れてじっとそれに見入った。では、デニスを力ずくで連れて行こうとしたのは、レーニシュ男爵領の自警団だと言うのか。一体何のために。

「こんなもの信じてるなんて、お嬢ちゃんもまだまだ子供だねぇ。俺達ぁ、お偉いさんから許可もらってやってんの。文句言われる理由はねぇよ」

「貴方達が、自警団だと言うのですか。自警団は、弱い領民を助けるのが……仕事ではないのですか！」

持てる勇気を振り絞って、それでもソフィアは言い募った。

男は明らかに気分を害したようだ。目を吊《つ》り上げ、声を荒げる。

「がたがた煩《うるせ》えんだよ！　こちとら仕事でやってんだ。邪魔すんじゃねえ！」

ぐいと掴まれたソフィアの右腕が、悲鳴を上げている。痛い。圧倒的な力の差は、どうしようもなかった。ソフィアは悔しくて、ぎっと奥歯を噛《か》み締めた。

「なんなら、このまま連れて帰ったって良いんだぜ」

「――や、止めてください……っ」

震えた足では踏み止まるだけで精一杯だ。それでもソフィアが抵抗を緩めずにいると、ついには放るように突き離された。

背後には大きな柱がある。ぶつかる――と思い、ぎゅっと目を瞑《つぶ》る。次の瞬間、覚悟した痛みは無く、代わりに柱より柔らかな感触で抱き留められ、ソフィアは床に座っていた。

「――無理しないでくださいよぉ」

「ありがとうございます……」

ケヴィンがソフィアと柱の間にいた。身体を滑り込ませて、助けてくれたのだろう。

ソフィアは足に力が入らず、立ち上がることができなかった。蚊の鳴くような声で礼を言うと、ケヴィンはすぐに立ち上がる。

「今、僕の目の前で暴力を振るったね？」

「あ？　それがどうしたってんだ」

ケヴィンの見た目はかなり小柄だ。身長もあまり高くない。屈強そうな男達に一人で向かう姿は、遠目に見ても勝てるようには見えなかった。

「現行犯、だよね」

ソフィアの位置からケヴィンの表情は分からない。しかしその顔は、笑っているような気がした。

その後はあっという間だった。ソフィアが動けずにいる間に、ケヴィンが次々と男達を倒していく。鞘《さや》に入れたままの剣が風を切る音がする度に、物がぶつかる鈍い音も響いた。現実感のない光景に、ソフィアは目を閉じることができない。

音が止んでも、ソフィアは動けずにいた。子供達の泣き声に気付いたときには、けろりとした表情のケヴィンが、ソフィアに手を差し出していた。

「お嬢さん、大丈夫？」

ソフィアは目の前に差し出されている手と、見下ろしているケヴィンの心配そうな表情を見比べた。

この手は、弱い者へと向けられる騎士の手だ。今、その手を向けられるべきはソフィアではない。

ソフィアは緩く首を左右に振った。そしてまだ響いている泣き声の方へと身体を向ける。

気力を振り絞ってぐっと両手で床を押せば、ふらつきながらもどうにか立ち上がることができた。

「――デニス、怪我《けが》はない？」

ソフィアは涙目になりながらミアとルッツをあやしているデニスに声をかけた。

デニスは無言のまま頷く。それでもソフィアが膝をついて調べると、どうやら尻餅をついたときに手の平を擦りむいてしまったようだった。少しだが血が出ている。

「後で消毒しましょうね。……ミア、ルッツ。大丈夫よ。あのお兄ちゃんが、悪い人を捕まえてくれたからね」

ソフィアは二人の頭をできるだけ優しく撫でた。いつの日かギルバートがしてくれたように、もう大丈夫だと伝わるように。

少しずつ静かになっていくミアとルッツは、泣き疲れたのかしばらくして眠ってしまった。デニスもまた、二人とソフィアの側を離れようとしない。

「お嬢さん、ここの神父を連れてきたよ。子供達は……ああ、下の子達は寝てるのか、良かったー」

ケヴィンが初老の神父を連れて、男達を縛り上げるための縄を抱えて戻ってきた。神父はとても慌てていて、駆け寄って子供達の無事を確認すると、ほうっと深く息を吐いた。

「騒ぎにしてしまいました。申し訳ございません」

立ち上がろうとしたが、子供達がソフィアに身体を預けていてできなかった。やむを得ずそのままの姿勢で頭を下げる。ケヴィンが暴れた結果、何かがあったと敬遠されたのか、未《いま》だ教会に人はいなかった。

神父は首を左右に振り、ソフィアの言葉を否定する。

「いいえ、この時間は元々、人が少ないのですよ。あちらの方にお聞きしました。デニスを助けてくださって、ありがとうございます」

「あの、私、何も……」

両手を左右にぱたぱたと振る。ソフィアはただ飛び込んだだけで、もし何もしなくても、ケヴィンだけで対処できただろう。感謝されるようなことはしていない。しかしソフィアの言葉を否定したのは、デニス自身だった。

「そんなことないです！　……あ、の。お姉さん。助けてくれて、ありがとうございましたっ」

礼を言って頭を下げたデニスを、神父が褒めるように撫でる。神父が来て、安心したのだろう。どこか誇らしげな表情が子供らしく可愛らしい。

ソフィアもまだ強張《こわば》っている顔に微笑みを浮かべて答えた。

「いいえ。……でも、ありがとう」

その後、神父が眠ったままのミアとルッツを奥の部屋へと運び、ケヴィンは拘束した男達を別室へと引き摺《ず》っていった。ソフィアも言われるがまま、ケヴィンと共に移動する。

　そこは会議室のような部屋だった。中央に大きい机が置かれ、囲むように複数の椅子が並んでいる。男達は部屋の奥に転がされていた。ケヴィンが近くの椅子にどかりと座り、意識の無い男達の見張りをしながら、戻ってきた神父と話をしている。

　離れた場所の椅子に座っているソフィアは、会話に入ることもできず、邪魔をしないようにその様子を静かに見ていた。思い切って飛び出したことを後悔はしていない。むしろあの場で動かずにいる選択肢は、ソフィアには無かった。

　ただ、ケヴィンに、神父に、そして子供達に——気付かれないように押し殺そうとした恐怖は、今も消えてくれない。

　扉の向こうから複数の人の話し声が聞こえてくる。近付いてきているのか少しずつ大きくなる声が、部屋のすぐ側でぴたりと止まった。ノックの音がして、神父よりも先にケヴィンが扉を開けに立ち上がる。

「——報告を受けた。男達は」

「はい、こちらで確保しています」

　入ってきたのは、ギルバートとフェヒトだった。二人とも、制服ではないシンプルな服装をしている。無表情のギルバートと笑顔を崩さないフェヒト。ソフィアはまだ、その作られた笑顔が恐ろしい。王都を出てから特務部隊と顔を合わせることがなかったソフィアは、ここにきて初めて本当に領内で合同捜査が行われていることを実感した。

　フェヒトが神父と話し、しばらくしてやってきたトビアスが、ケヴィンと共に縛られている男達を更に別室へと連れて行った。そのまま取り調べをするのだろうか。目の前の出来事なのに、ソフィアには別の世界のことのように見えた。

だから近くで名前を呼ばれて、反応が遅れてしまったのも仕方がないだろう。

「ソフィア、大丈夫か」

その声は、優しい響きでソフィアの意識を一気に引き戻した。

「――……ギルバート様」

見慣れた藍色の瞳に焦点が合う。あまり感情を顔に出さないギルバートの瞳には、ソフィアには分かる心配と焦りの色がはっきりと浮かんでいた。ギルバートの白金の腕輪をつけた右手が、ソフィアの前にそっと差し出される。

「話は聞いた。怖かっただろう、遅くなってすまない」

「い、いえ……私は、大丈夫で――」

咄嗟に出た言葉は途中で呑《の》み込んだ。ギルバートの真剣な表情が、ソフィアに誤魔化すことを許してくれない。

目の前に差し出されたこの手は、ソフィアを気遣い、愛《いと》おしむ手だ。先程教会でケヴィンが差し出した騎士の手とは違う。これは、ソフィアが縋ることを許された手だ。

感情に導かれるままにおずおずと手を重ねると、すぐに引き寄せられ、力強い腕で抱き締められる。まだ止まらないままの身体の震えが、ギルバートに伝わってしまいそうだ。それは、ギルバートの負担になってしまわないだろうか。ソフィアはぎゅっと身体を硬くして、震えを抑えようとした。

ギルバートの手が、ゆっくりとソフィアの背中を撫でる。

「大丈夫ではないだろう。――もう安心して良い。いつも言わねば分からないと言ってきたが……今は、私にも分かることはある」

ギルバートが、ソフィアの耳元で囁《ささや》く。微かな声は、きっと他の人には聞こえないだろう。

「頑張ったな」

誰より安心できる力強い腕に支えられ、ソフィアはやっと身体の力が抜けた。今更ながら、恐ろしさが一度に襲ってきて、身体が震えてしまう。

レーニシュ男爵家で叔父が暴力を振るう姿が、教会の男達の姿と重なった。もう、忘れたつもりだった。されるがままの自分ではないと言い聞かせ、強くなったつもりだった。思うようにできない自分に失望する。

それなのに、ギルバートは決してソフィアを離そうとはしない。いつも側でソフィアを支えてくれ、今だって、温かい手が、大きな身体が、その弱さまで受け止めてくれているような気がした。

「ありがと……う、ございます。わ、私──ギルバート様が、来てくださったから……っ」

どうにか口にした言葉は、震えていてなかなか意味を持ってくれない。それでも絞り出そうと口をぱくぱくと動かすと、ギルバートがそれを知っていたかのように、無理矢理ソフィアの唇を塞いだ。すぐに離れたそれに、冷え切っていたソフィアの身体が体温を取り戻していく。

「ソフィアのお陰で、あの子供達は無事だった。胸を張って良い」

ギルバートはそう言って、少し体を離してソフィアの瞳を覗き込む。

「……だが、無理はするな。今だって、お前は弱くなどない」

「そんなことは」

「お前は頑張っている。私は、お前がいてくれて良かったと思う。だから……ありがとう、ソフィア」

優しい言葉が、呼ばれる名前の甘さが、ソフィアに離れることを許してくれない。

今度はソフィアの方から、ギルバートの身体に腕を回した。胸に耳を押しつけると、とくんとくんと規則正しい鼓動が聞こえてくる。それは何よりも、ギルバートがここにいてくれることの証明だった。心から安心できる音に気が緩んだ瞬間、ソフィアの意識は遠くなっていった。

◇ ◇ ◇

「――無茶なことを」

ギルバートは腕の中で意識を失っているソフィアを見下ろした。

きっととても怖かったのだろう。作り物かと思うほど透き通っていた白い頬にやっと戻った赤みに、指先でそっと触れる。自身とは違う柔らかな感触が愛らしく、同時にとても儚いもののように感じた。

ギルバートが来るまで、誰かに甘えることを我慢して、子供達を支えていたのだろうか。

ギルバートはソフィアを起こさないようにそっと抱き上げ、部屋の端にある長椅子に横たえた。着ていたコートを脱いでそっと掛けると、華奢な手がその端をきゅっと握り締める。

「侯爵殿、大まかには吐かせました。後はお願いします。――おや」

フェヒトが取り調べのために借りた別室から戻ってきた。相変わらず気味の悪い笑顔だ。面白いことが無いのならば笑う必要など無いだろう。いや、いつも仏頂面だと言われる自分よりはましだろうか。

フェヒトはソフィアを容疑者の一人として最近まで敵視していたはずだが、今は同情するような目を向けている。そのどちらの感情も、今のソフィアには相応《ふさわ》しくないとギルバートは思った。

「フェヒト殿。どうしました？」

「いや……侯爵殿がそのような顔をしているのは、初めて見ました。疑っていたこともある娘ですが、今回の件を見る限り、事件とは無関係なようですね。失礼しました」

ギルバートは小さく嘆息した。合同捜査を通じて何度も関わってきたが、これまで本当にソフィアを容疑者に入れていたのか。レーニシュ男爵家を調べれば、その事情もすぐに分かるというのに。

フェヒトが優秀なのはギルバートも認めるところではあるが、それにしてもあまりにも真面目過ぎる。

「……容疑が晴れて何よりです。行きましょう」

それ以上の会話を拒むように、ギルバートはまっすぐに別室へと向かった。後をついてくるフェヒトは変わらない様子だが、視線から一人部屋に残されたソフィアを気にしているのが分かる。

「疲れて眠っているだけです」

「そうではなく──」

らしくもない焦った様子が少し腹立たしい。他意は無いのかもしれないが、フェヒトがソフィアを気にかけていること自体が気に食わないというのは狭量だろうか。

「ならば、それこそ余計な心配です。彼女は貴殿に心配されるまでもなく……立派に、レーニシュ男爵家の者だ」

レーニシュ男爵領で苦しめられる領民を助けたいと、目の前で傷付けられようとしている子供達を守りたいと、そう願い行動する姿は、確かに領主一族たるに相応しい。守られるばかりの可愛らしい少女ではいてくれないことがもどかしく、同時にとても愛おしい。

「そう、ですか」

これまで特務部隊だからと嫌厭していたが、フェヒトにはフェヒトなりの正義があるのだろう。そうでなければ、今ソフィアのことを気にするはずがない。未だに気に入らないことも多いが、最初の頃と比べると随分と仕事がしやすくなったようだ。

「報告を頼みます」

ギルバートは端的に言う。フェヒトは頷き、先の取り調べの成果を報告した。

曰《いわ》く、彼等は実際にレーニシュ男爵領の自警団に所属しており、領主である男爵から直接人攫いの指示を受けていた。攫っては、毎回決まった建物に連れて行っていたらしい。詳しい理由は知らないが、仕事をさせるつもりだと言っていたそうだ。

「彼等の自警団への推薦は」

「レーニシュ男爵によるものです」

では、最初から人攫いをさせるつもりで自警団に入れたのだろう。宿屋の店員が、自警団は当てにならないと言っていた。その裏にあった事実がこれとは、何とも皮肉なものだ。

「私は、自警団の内情と建物の場所を探れば良いのですね」

「はい。お願いします、侯爵殿」

にんまりと口角を上げ、フェヒトは頷いた。

ギルバートが取り調べを終えて戻ると、ソフィアは変わらずに眠っていた。膝をついてそっと顔にかかった髪を避《よ》けてやると、さらりと指先から逃げるように落ちていく。本当はこのまま寝かせておいてやりたいが、そろそろ起こさなければならないだろう。

「――ソフィア、起きられるか？」

ギルバートはできるだけ柔らかな声音を出した。少しでも穏やかに目覚めてほしいと、ささやかな願いを込める。何度か名前を呼ぶと、少しして長い睫毛《まつげ》が震え、ゆっくりと目が開けられた。深緑色の瞳が覗き、ゆっくりと視線が絡む。日の光が当たるとより透明感が増して、木漏れ日を透かした初夏の木々の葉のようにも見えるその瞳が、ギルバートは好きだ。

「ギ、ルバート様……え、私――」

「おはよう、ソフィア。起きたばかりで悪いが、宿に戻れるか」

「おはよう、ございます？」

まだ意識がはっきりとしていないのだろうか。身体を起こし、子供のようにちょこんと首を傾げる姿に思わず笑いが漏れる。

「あれ、私……っ⁉」

はっと見開かれた目と染まっていく頬に、ソフィアが眠ってしまう前のことを思い出したのだと分かった。そんなに恥ずかしがることもないだろう。確かに縋りついて意識を失ったが、今日、ソフィアが頑張ったことは事実だ。

「一度お前は宿に戻って、しばらくは念のために外出を控えてくれ。男達はこのまま王都に護送させる」

この後人目につかない裏口に馬車を着けて、ケヴィンと特務部隊の者の二人に、王都の騎士団まで男達を護送させる手はずになっている。王都ならばしっかりとした拘置所がある。拘束しておく場所にも、取り調べの場所にも、そして裁きの場にも困ることはないだろう。

「はい、分かりました」

素直に頷くソフィアの頭を撫でる。指先の力を抜いて髪の流れに沿って何度も動かすと、ソフィアは気持ち良さそうに目を細めた。まるで子猫のようだ。いつだって安心させたくて、少しでも優しくしたくて――ギルバートは撫でる手の強さを探っている。

「疲れただろう？　ありがとう、ソフィア。また子供達に会いに来てやると良い」

ソフィアが、心から嬉しそうに笑った。ギルバート以外の者にも向けられるその微笑みは、いつだって砂糖菓子のように甘い。この表情を見て、絆《ほだ》されない者などいるのだろうか。

最初に笑顔を見せてくれて以来増えていくその表情に、ギルバートは幸福を感じ、同時に不安を抱えている。いつかどこかギルバートにも手が届かないところに羽ばたいていってしまうのではないかという、情けない不安だ。しかし同時に縛りつけたくもない。いつまでも消えない矛盾が、ギルバートは何故《なぜ》か心地良かった。

複雑な気持ちを知ってか知らずか、ソフィアはにこにこと無邪気にギルバートの手を握ってくる。

「ありがとうございます。ギルバート様もいつか一緒に来てくださいね。ミアちゃんに、お姉ちゃんの王子様は誰かって聞かれてしまったんです。だからちゃんと、この人だよって言えたらなって……」

ソフィアが俯くのを堪《こら》えているのが分かる。自分で言って、恥ずかしくなったのだろう。ギルバートはその額にキスを落として立ち上がり、すぐに左手を差し出した。

「行こう、ソフィア。ティモが待っている」

「はい……っ」

当然のように重ねられる手が、ソフィアの体温を伝えてくれる。起きたばかりだからか、いつもより少し手が温かいようだ。ふとした瞬間に感じる存在と共に募る想《おも》いすら愛おしく、ギルバートはソフィアの手をぎゅっと握った。

次の日には、数人で取り調べによって知ることができた攫った人間を集めているという場所を確認し、更にその翌日、護送に行った者以外の全員で、その場所へと向かうことになった。違法商品を生産している現場である可能性が高い。自警団の男達がいなくなったことを怪しんだ者に、証拠を隠されることを懸念したのだ。

昨日の取り調べでギルバートが見たその場所は、レーニシュ男爵の私有地である森の中にあった。そこは男爵領の中でも中心から少し外れたところにある。確かに関係無い者が立ち入ることはないだろう。特務部隊が先に調査していた建物の一つだった。

未だ令状は無いが、現場を押さえることができるならば話は別だ。ギルバート達は気を引き締め、物陰から様子を窺った。

「外の見張りは、扉の前だけか」

平たく広い建物には入り口は一ヶ所だけで、裏口も無い。入り口には、体格の良い男が二人、退屈そうに立っていた。逆に森の中の施設に見張りをつけていることで、ここに何かがあると分かってしまう。

「警戒されているのか？　前はいなかったが」

フェヒトが誰に言うでもなく呟いた。どうやら、ここに何かがあると考えて間違い無さそうだ。

ギルバートはトビアスと共に死角から回り込み、同時に男達の口を塞いだ。声を出されないよう、抵抗される前の一瞬で見張りの意識を奪う。力が抜けた身体を、音を立てないよう腕に抱き留めた。すぐに、特務部隊の隊員が持ってきていたロープで拘束する。

入り口の端に身を隠し、剣の柄《つか》に手をかける。

「よろしいですか」

フェヒトが言うと、特務部隊の面々が頷いた。ギルバートも頷き、トビアスに視線を送る。

「――突入」

扉を蹴り開けて中に入る。中は窓が無いせいで薄暗く、壁にかけられた数少ない魔道具の明かりが控えめに照らしていた。違法商品の生産において、光、それも特に日光は大敵だ。それを知らない者はここにはいない。皆の緊張感が高まる。

奥に下りの階段があった。フェヒトが先頭を、そしてギルバートが最後尾を、それぞれ警戒して進む。下りきった先にあったのはまたも扉だ。隙間から中を窺うと、薄暗い空間が魔道具で暖かく保たれているようだった。背の低い草が、等間隔に植えられている。

どうやらここが生産場所で間違いないようだった。

そうっと扉を開け、腰を落として中に入り、状況を把握する。

通路を歩きながら虚《うつ》ろな目で作業をしている若い男が十人ほど、そして彼等と比較しても明らかに体格の良い男が三人――どちらが本来の犯人であるかは、火を見るよりも明らかだ。

「行きます」

ギルバートはフェヒトに言い、トビアスと共に左へと駆けた。同時にフェヒトも特務部隊の隊員を一人連れて右へと駆ける。もう一人は男達が逃げないように扉の前に立ち塞がった。

その場にいた者達は混乱し、慌てていた。その隙に、おそらく攫われた者であろう若い男達の意識を薬で奪い、その場に寝かせていく。万一抵抗されたら厄介だ。

ギルバートが何人か目の男を寝かせたとき、状況を把握したらしい体格の良い男が一人、明らかに手入れの行き届いていなさそうな大剣をギルバートに向けた。ギルバートよりも背丈があるだろうその男は、大きい得物を手に、ギルバートを見下ろしてくる。

「副隊長っ！」

少し先を進むトビアスが振り返った。

「この場の制圧を優先しろ。このくらい——何ということはない」

ギルバートは僅かに口の端を上げた。このところ大人しくしていたため、遠慮無く剣を振るえる相手が現れたことに内心で興奮する。

しばらく抜いていなかった剣を、すらりと鞘から抜いた。その剣は磨き抜かれ、数少ない明かりの光を全て集めたかのように輝いている。

「てめぇら何者だ⁉　ここはなぁ、男爵様の私有地だぜぇ？　分かって入ってきてんのか」

男のがなるような声が煩《うるさ》い。不快な音を、耳が聞くことを拒否している。ギルバートは剣を斜めに構え、左足を半歩引いた。

「分かっている。私は近衛騎士団第二小隊、副隊長——ギルバート・フォルスター。フォルスター侯爵家当主だが……何か、文句でも？」

男が目を見張った。

「はぁ!? 嘘《うそ》だろ!」

一瞬怯《ひる》んだことを隠そうとしたのか、男は大きな声を出しだんと地面を踏みしめた。威嚇するように大剣を振り回す。しかしギルバート達は、ならず者にやられるような訓練はしていない。

「それも、捕まれば分かることだ」

挑発に乗って振り下ろされた剣を避けて、ギルバートは男の背後を取る。振り返った剣の手元を狙って、魔力を帯びさせた剣を振るった。男の大剣はあまりに呆気《あっけ》なく折れ、手元には柄だけが残った。

「手入れくらいしたらどうだ」

「う……煩いっ!」

男は使い物にならなくなった剣の柄を躊躇無く投げ捨て、身一つで殴りかかってきた。剣を持った相手に素手で殴りかかる時点で、男が普通ではないことが分かる。まさかとは思うが、この男も違法商品を使っているのではないだろうか。

ギルバートは思考し始めようとする頭を意識して止め、男の動きに集中した。振り上げた拳を下ろすために踏ん張った足を狙って、浅く斬りつける。バランスを取れなくなって倒れた男の眼前に、剣先を突きつけた。

「話は後でゆっくりと聞かせてもらおう」

ギルバートは一瞬で終わってしまった戦闘に小さく嘆息した。魔法で男の動きを封じ、剣を鞘に収める。そのまま男の意識を奪い、ロープで縛り上げた。

すぐに他の者の援護に回る。大柄な男が三人もいる割に、その誰もがそう強い者でもなかったようだ。制圧を終え、犯人らしき男達だけを、先に呼んでいた拘束用の馬車に乗せる。残りの男達――おそらく人攫いに合った被害者達も、先程の様子を見たところ、違法商品を使用させられていたようだった。治療が必要だろうし、今後事情を聞く必要もある。追加の馬車を手配し、一度全員を王都へ護送することにした。

人がいない薄暗い空間に、大量の植物が植えられている。何も傷付けないままに制圧したこの空間が、レーニシュ男爵の犯罪の何よりの証拠だった。

「――フェヒト殿」

ギルバートが呼ぶと、フェヒトは珍しく笑みを消した真面目な表情で振り返り一礼した。

「協力感謝します。すぐに王都に連絡し、レーニシュ男爵夫妻を捕らえさせます」

現時点でレーニシュ男爵夫妻は、違法商品の生産をした罪で逮捕することができる。もう一つの事件を追うギルバート達第二小隊にとっても、彼等の身柄を拘束できるのは有り難い話だ。証拠を隠蔽される危険がなくなる。

「はい。フェヒト殿、明日は私共に協力していただきましょう」

明日は領地のレーニシュ男爵邸に踏み込むことになっている。ソフィアの両親である前男爵夫妻殺害の証拠を探すのだ。ソフィアが持っていた首飾りと揃いの魔道具が見つかると良いのだが。また、同時に事件の日に御者をしていた男も探して捕らえる必要がある。

フェヒトが口角を上げた。

「当然です。レーニシュ男爵夫妻を捕らえる者には、家人も共に拘束させましょう。使用人もタウンハウスに留《とど》まらせれば、こちらに情報は伝わりません」

王都から情報が漏れなければ、こちらの捜索もしやすくなる。特に明日、レーニシュ男爵邸に行くときには、ソフィアも連れて行くのだ。危険なことが無いよう、万全を期さなければ。

ギルバートはフェヒトからは見えないように、上着の陰で強く拳を握り締めた。

「ありがとうございます。人が出たら、この場所は結界を張っておきます」

ソフィアはこの話を聞いてどう思うだろうか。男爵邸に行くのも、予定より早まってしまった。一昨日ギルバートの腕の中で震えていた少女は、それでも精一杯強くあろうとするのだろうか。

「——早く、終わらせてしまいたいな」

誰にも聞かれないほど小さい声で、ギルバートは呟く。早く終わらせて、ソフィアを穏やかな場所に帰したい。ソフィアと共に、穏やかな日々に戻りたかった。

「侯爵殿？」

「いえ、何でもありません」

馬車の音が近付いてくる。中には、合同捜査には関係なく、近くのバーダー伯爵領に配備されていた騎士が乗っている。応援のために駆けつけてきてくれた騎士達のはずだ。

次々と乗せられていく被害者達を見ながら、ギルバートはソフィアに今日のことを何と言って伝えるべきか、頭を悩ませていた。

◇　◇　◇

フェヒトはギルバートのことが嫌いだった。

ギルバートのことは、ギルバートがパブリックスクールに入学する前から知っていた。

あまりに強い魔力を持って生まれたために、邸《やしき》に引き篭《こも》りがちな、フォルスター侯爵家の嫡男。情報を扱う近衛騎士団特務部隊が目をつけないはずがない。それは当時まだ新人で、配属が決まったばかりのフェヒトも同じだった。

『他人の考えてることが分かるんだってよ』

『魔法の才能があって、属性魔法も全部使えるらしい』

『良いなあ、そんな能力があれば、俺だって出世できるのにな』

才能を羨む声、嫉妬する声。

『将来うちの部署に来てくれたら、最高なんだがなぁ』

そして、将来を期待する声。

フェヒトは、伯爵家の四男だった。親の跡を継ぐ長男、長男と共に領政を行う優秀な次男、そして魔法の才能があり、研究の道に進むことを決めた三男。彼等と違って特別なものを何も持たなかったフェヒトは、自身の将来を危惧し、必死で勉強した。

親が望むような大人になろうとしたわけではない。ただ、何も無いまま大人になって、優秀な兄達と比べられることは、想像するだけでも苦痛だった。

誰からも認められるように、誰からも憐《あわ》れまれないように、誰よりも優秀になりたい。フェヒトは書庫の本を山ほど読み、豆が潰れるまで剣を握り続けた。感情を誤魔化すために取り繕い続けた笑顔は、いつの間にか染みついていた。

長年の努力の甲斐《かい》あって、どうにかパブリックスクールを卒業してすぐに近衛騎士団の入団試験に合格し、特務部隊――近衛騎士団の中でも国王直属の花形だ――に入隊することができた。

だからこそ、フェヒトはギルバート・フォルスターという男が嫌いだった。何もかもを持っているのに、弱者のように振る舞っているらしいと噂《うわさ》の男が嫌いだった。何もしなくても、その才能だけで誰からも求められる男が、大嫌いだった。

『フォルスター侯爵家の嫡男が、近衛騎士団の入団試験に主席で合格したらしい』

その情報は、一瞬で近衛騎士団内に広まった。フェヒトは次点合格だった。希望した特務部隊には入ることができたが、同期の首席の男は、既に別の隊で隊長職についている。

それからすぐに、特務部隊の隊長から、ギルバートの特務部隊への推薦書にできるだけ大勢の名前が欲しいと言われた。有能な新人は部隊間で取り合いになる。

『うちの隊長がスカウトするのなら、特務部隊に入るのでしょう』

フェヒトも他の隊員達と共にその推薦書に署名した。ギルバートが自分の部下になるだろうと信じて疑っていなかった。自分よりも優秀な、使える能力がある部下ができる。それはとても複雑な心境だった。

だから、ギルバートが特務部隊の誘いを断って第二小隊に入隊を決めたと聞いて、フェヒトは自分の価値観を全てひっくり返されたように感じた。優秀であり、誰からも認められる場所にいることが、フェヒトにとっては最も重要なことだったのだ。

優秀なのにその才能を最も活かせる部隊、それもエリートと言って差し支えない特務部隊からの誘いを断るなど、信じられない。

フェヒトはギルバートと話す機会があったとき、直接尋ねてみた。

『貴殿は、何故特務部隊の誘いを断ったのですか。これ以上ない栄誉でしょう』

『私は、第二小隊に入るために騎士になりましたので』

ギルバートはばっさりとそう言ってのけた。

なんて傲慢な人間だろう。初めから全てを持っている人間は、やはりフェヒトとは違うのだ。きっとフェヒトのように泥臭く努力を重ねたことなど無いのだろう。

ギルバートが第二小隊を率いる王太子のマティアスとパブリックスクールからの友人だと知った後も、フェヒトの心の蟠《わだかま》りは消えてくれなかった。

それがどうだろう。事件捜査を通して関わったギルバートは、フェヒトの想像の中のギルバート像を、悉く書き換えていく。全てを持っていると思っていた男が、たった一人の令嬢を守るために汗だくになって聞き込みをし、疑いをかけられて怒り、願いを叶えてやるためならばフェヒトにも頭を下げる。

それでいて、ギルバートの剣筋には全く迷いが無かった。研ぎ澄まされたそれが、長年の鍛錬に裏打ちされたものであることは、フェヒトから見ても明らかだ。

こんなに人間らしい男だったのか。

衝撃だった。才能だけに頼った人間が若くして第二小隊の副隊長に抜擢《ばってき》されるはずが無いと、少し考えれば分かることなのに。

どうして見えていなかったのだろう。

もう、嫌いだと言い切ることはできそうにない。フェヒトは珍しく愉快な気持ちになった。

4章　令嬢と黒騎士様は真実を知る

王都のレーニシュ男爵邸は騎士団に包囲されていた。貴族街の端の方にある男爵邸には、平民の野次馬達と新聞記者が群がり、中の様子を窺《うかが》っている。客間ではレーニシュ男爵夫妻が騎士達に抗議していた。

「——これは、どういうことだ！」

激昂《げきこう》する男爵と、その横で顔を青くしている男爵夫人。逮捕される前の犯人の表情はどれも似たり寄ったりだ。騎士の一人が書状を広げる。

「レーニシュ男爵及び男爵夫人。お二人には、違法商品の生産及びバーダー伯爵子息との共犯について、逮捕状が出ております」

「な、んだと……っ。そうだ、証拠。証拠はあるのか⁉」

「男爵領内の生産施設を差し押さえています。加えて、自警団の管理と犯罪の教唆《きょうさ》についても、後ほどゆっくりと、お話をお聞きしましょう。……連れて行け」

ケヴィンは真っ先にレーニシュ男爵の手首を掴《つか》み、その手首に手錠をかけた。無機質な金属の音がする。ケヴィンには直接男爵領を見てきた者として、思い入れが人一倍大きい自覚がある。隣では特務部隊の隊員が、男爵夫人の手首にも同じように手錠をかけていた。

ここに住んでいる家人はもう一人。ソフィアの従妹《いとこ》であるビアンカがいるはずだ。

「お父様、お母様……？」

この場には似つかわしくない高い声がした。ケヴィンがはっと目を向けると、そこにいたのは歳若《とし》い娘だった。あれがビアンカだろう。ぱっと見ただけでも豊かな金髪が印象的な美人だと思う。

ケヴィンは別の騎士に男爵を引き渡す。引き継いだ騎士が、男爵夫人と共に護送用の馬車へと連行していった。それから、ビアンカを正面からまっすぐに見据える。

「ビアンカ嬢ですね」

ビアンカがケヴィンの騎士服を見てびくりと肩を揺らした。それでもビアンカは目を見開き、きっとこちらを睨《にら》みつけてくる。

「貴方《あなた》達は何をしているの!? お父様とお母様を離してっ！」

「貴女《あなた》のご両親には、違法商品の生産等を理由に逮捕状が出ております」

ケヴィンは努めて冷静に言う。ビアンカが、両手をきゅっと握り締めた。

「――……逮捕、状？」

「はい、証拠も確保しています。貴女からも事情をお聞きしたいので、ご同行をお願いします」

ビアンカが事件に関与している可能性は薄いだろう。五年前には、ソフィアが子供だったように、ビアンカもまだ子供だ。だがこの邸《やしき》に一人残しておくことで領地に連絡を取られたり、証拠を隠蔽されたりしては困る。

両親が逮捕されてしまえば、ビアンカ自身もレーニシュ男爵家からは追放されることになるだろう。何をするか分からない人間を、放置するわけにはいかない。

「ふ、ふふふ……」

ビアンカは俯《うつむ》いたまま静かに笑い声を上げた。さすがに心配になり、ケヴィンはゆっくりと近付いた。両親の逮捕とは、若い娘にはあまりにショックが強かったか。

「ビアンカ嬢？」

しかし心配は杞憂《きゆう》に終わった。その顔に浮かんでいるものは、ケヴィンが想像したどれとも違った。一言で表現するならば、恨み、だろうか。美しさと相反するようでよく似合う表情が、炎のような熱を持っている。

「何よ。今度は両親まで取り上げないと気が済まないの？　ソフィア……そうよ、ソフィアはどうしているの⁉　あの子だって男爵家の人間じゃない。あの子も連れて行かれるべきよ！　私ばっかり……こんなの不公平だわ！」

それはケヴィンに言われても困る。

それに不公平と言えば、私欲のために両親の命まで奪われたソフィアの方が可哀想《かわいそう》だ。事情を聞いていなくても、ソフィアがフォルスター侯爵家にいる理由を想像できないケヴィンではない。

「ですが、事実として犯罪は行われておりました。——どうか、ご同行を」

以前の夜会の騒ぎで、フランツ伯爵家との婚約も破談になったと噂《うわさ》で聞いている。しかしその婚約すらソフィアから奪ったものだということを、既にケヴィンは捜査の過程で知っていた。ビアンカに同情する気にはなれなかった。

「何よ。何よ何よっ！　私は関係無いわ。お父様とお母様が勝手にしたことじゃない！」

「お話は、騎士団でお聞きしますよ」

ケヴィンがビアンカに玄関を手で指し示した。しかしビアンカはふんと首を背け、廊下の奥の方へと走っていく。

「……逃げてどうするつもりだろう」

そもそももうビアンカに逃げ場など無い。レーニシュ男爵邸は包囲されているし、男爵夫妻は既に護送用の馬車の中だ。ケヴィンが仕方なく追いかけると、ビアンカは廊下を曲がった先で、騎士によって床に押しつけるようにして捕らえられていた。

「離しなさいよ！」

それでもビアンカは抵抗を止めない。ケヴィンは立ち止まって深く嘆息した。

「大人しくついてくれれば良かったのに」

拘束されているビアンカに手刀を入れて意識を奪う。やっと静かになったビアンカを、ケヴィンは担いで外の馬車へと乗せた。

◇◇◇

ソフィアは宿に戻ってきたギルバートからその報告を聞いた。

レーニシュ男爵夫妻である、叔父母の逮捕——それはソフィアにとって、大きな衝撃だった。そうなるだろうと分かっていた。男爵領に来て、領民達と触れ合って、よりその思いは強くなっていた。

「ギルバート様は……私と結婚をしてしまって、よろしいのですか？」

ついに身内から犯罪者を出してしまったのだ。まして今回、ギルバート達騎士団の手を煩わせている。情けなさに俯いてしまいそうな顔を必死で上げて、ソフィアはギルバートに問いかけた。

しかしギルバートはそんな疑問を抱くことすらおかしいというように首を傾《かし》げている。

「ソフィアでなければ駄目だ。それに、お前の立ち位置は、お前自身で築くべきだ」

「ギルバート様……？」

ギルバートが真剣な表情でソフィアを見ている。もうすっかり遅い時間だった。魔道具の明かりが照らす室内で、ギルバートの瞳は確かな意思を湛《たた》えている。それは、確かに何かの予感をソフィアの心の中に芽吹かせた。

「明日、レーニシュ男爵邸へ行き、邸内の捜索を行う。そこでソフィアの両親の事件についての証拠を見つけたい。予定より早いが、協力してくれるか」

今のままでは、ソフィアは犯罪者であるレーニシュ男爵の姪《めい》でしかない。しかしその男爵に殺された先代男爵夫妻の娘ならば、世間や領民が見る目も違ってくるだろう。

ましてソフィアの両親は、領民達に寄り添って、善政を布《し》いていたのだから。

「……はい、一緒に行かせてください」

ソフィアは両手をぎゅっと握り締め、ギルバートのそれに応えるだけの確たる意思を持って頷《うなず》いた。


翌日朝早く、ソフィアは残った合同捜査の面々と共にレーニシュ男爵邸へと向かった。

久しぶりに見るギルバートの騎士服姿は凛々《りり》しくて、ソフィアもそれに勇気を貰《もら》う。昨日のうちに来ていたバーダー伯爵領にいた騎士団員達が、既に邸外で見張りをしてくれていた。

「──準備は良いか？」

「はい」

ギルバートがソフィアの背をそっと押した。ソフィアはそれに促され、邸の門を抜けて前庭を進む。

庭には誰もいなかった。ソフィアは僅かに躊躇《ためら》ったが、そのままの勢いで、思い切って玄関扉を開けた。ギルバートと二人、中に入る。他の者は開けたままの扉の陰で待機することになっていた。

扉の音に気付いたのだろう、階段を駆け下りて家令のパーシーが顔を出した。

「これはこれは、ソフィア様ではございませんか。突然いかがなさいましたか？」

パーシーは口をへの字にして、不機嫌を隠そうともせずに言った。言葉こそ丁寧だが、そこにソフィアに対する敬意は微塵《みじん》も感じられない。

ソフィアはめげずに背筋を伸ばした。

「――この家で、探したい物があるの」

パーシーは、ふんと鼻を鳴らした。

「ですが、ソフィア様は既に家を出られたとお聞きしています。もうこの家は関係ありませんよね。では、誰の許可を得てそのようなことを仰《おっしゃ》っているのです？」

ギルバートがソフィアの隣で眉間に皺《しわ》を寄せたのが分かった。使用人として過ぎた言葉なのは間違いない。かつて生活に不自由していたのはこの男のせいでもあったと、ソフィアはどこか冷静に思い出す。

「誰だ？」

「パーシーです。家令で、叔父から領地の留守を任されています」

ギルバートが納得したように頷いた。

「……トビアス、いたぞ」

ギルバートの声を合図に、待機していたトビアスが邸に入ってきた。流れるような無駄の無い動きで、すぐにパーシーを拘束する。抵抗もできないうちに動きを封じられたパーシーは、もがきながら口を開いた。

「な、何ですかっ！　突然このような――」

「証拠保全のための措置です。ご理解ください」

トビアスが平静な様子で言う。それでもどうにか逃れようとしているパーシーに、ギルバートが数歩近付いた。

「五年前、先代男爵夫妻が亡くなった事件の日、御者をしていたのはお前だった。御者はわざわざ遠回りの道を選び、崖下に落ちたのは二人だけ。――この制服が何を表しているか、まだ分からないのか」

パーシーは黒い騎士服姿のギルバートと、自分を捕らえるトビアスの青い騎士服、そして今にも玄関から入ってこようとしている特務部隊の隊員達の姿を見て、口をあんぐりと開けた。

「まさか」

ソフィアは雰囲気に呑《の》まれないように足に力を入れる。懐かしい邸に、先代男爵夫人であった母親を思い出した。優しかったが、時に厳しい美しさを持っていたソフィアの母。

その姿を思い出し、ソフィアは震えそうになる声を抑え、俯きたくなる顔を上げる。いつか見た母親のように、凛《りん》とした姿であろうとする。

「そのまさかです、パーシー。私は私の意思で、彼等をこの邸に招いています。何か問題がありますか？」

男爵邸のあまり多くない使用人達が、騒ぎに気付いて遠巻きに様子を窺っている。

トビアスはパーシーの手首に手錠をかけ、腕をぐいと引いた。パーシーを逮捕する証拠など、遺品の首飾りの映像だけで充分だ。

「馬車に乗せておきます」

「頼む」

トビアスがパーシーを連れて出て行くと、より使用人達の声が大きくなった。突然のことに動揺しているのだろう。何も知らずに困惑している者だけでなく、明らかに顔を青くしている者もいる。こちらは、何か心当たりがあるのだろうか。

「ギルバート様」

ソフィアが声をかけると、ギルバートは頷いた。ソフィアは精一杯声を張る。今この場で使用人を従えるべきは、ソフィアだった。

「お騒がせしてごめんなさい。私、探し物をしているのです。皆さん、広間に集まってください」

少しして、広間にはレーニシュ男爵邸で働く全ての使用人が集められた。騎士達の見張りにより、誰もそこから動けないでいる。

ソフィアはギルバートやフェヒト達合同捜査の面々と共に、邸の中を捜索することになった。

探すのは、形見の首飾りと揃《そろ》いの耳飾りと指輪だ。証拠になる魔道具だと知れば、簡単に売り払うことも、捨てることも、まして持ち歩くこともできないだろう。ならば必ず、この家のどこかにあるはずだ。

「ギルバート様、ありがとうございます」

証拠品ではあるが、同時にソフィアにとっては大切な思い出の品でもある。その思いはこの家に戻ってきて、より強くなった。悲しさを通り越して虚《むな》しくなるほど、本来のソフィアには扱えないはずの魔道具ばかりの家だ。

男爵夫人である叔母の宝石箱を調べながら、ソフィアはこっそり溜息《ためいき》を吐《つ》いた。

「いや。私達も、お前に協力してもらっている。——お互い様、ということでどうだ？」

ギルバートは家具を魔法で動かして、隠し金庫等を探しているようだ。あまり大きくない家とはいえ、探している物はあまりに小さい。複数人で探しても、簡単には見つからない。

ソフィアは、この家で叔父母と従妹と共に暮らした日々を思い出していた。正直あまり良い記憶ではない。何度も怒鳴られ、手を上げられたこともあった。

そんな記憶の中の叔父母に、違和感を覚えたことはなかったか。ソフィアの部屋、居間、食堂と、順に記憶を辿《たど》っていく。彼等が、ソフィアが立ち入ることを最も嫌っていた場所は。

「——執務室？」

ソフィアは誰に言うでもなく呟《つぶや》いた。それを聞き止めたギルバートが手を止め、はっと振り返る。

「執務室と言ったか？」

「はい。叔父は、私がそこに近付くことを酷《ひど》く嫌っていたように思います。だから……もしかしたら、と思いまして」

ギルバートはすぐに頷き、ソフィアの手を引いてレーニシュ男爵の執務室へと向かった。

執務室は先にフェヒトが捜索していたようで、その机の上には証拠品であろう裏帳簿等が山のように積まれている。

「侯爵殿、ソフィア嬢。何かございましたか？」

「あ、あの。フェヒト様……ですよね。私にも、この部屋を探させてください」

おずおずと言ったソフィアに、フェヒトは一瞬驚いた顔をした。それから何かを諦めたかのような小さい溜息を吐き、薄く笑った。

「構いません。しかし、机の上の物には触れないでください」

フェヒトが念を押す。ソフィアは礼を言って、執務室をぐるりと見回した。

数年振りに入った執務室は、ソフィアの知るその場所とはかなり様子が変わっていた。

ソフィアが知っているのは、父親である前レーニシュ男爵が使っていた頃の執務室だ。当時はソフィアの生活に合わせて、この部屋の調度もアンティークで揃えられていた。

それも、すっかり魔道具に入れ替わっている。暖炉は撤去されているし、部屋の明かりもソフィアの慣れ親しんだものではない。そればかりでなく、絨毯《じゅうたん》や家具も替えられているようだ。

「……すっかり変わってしまったのですね」

ソフィアは部屋を見渡し、寂しさに襲われた。控えめで上品な調度を好んでいたソフィアの父親と、叔父の趣味は全く違っている。部屋が変わってしまうことも仕方がないことだ。わかっていても、昔を懐かしんでしまう。

ギルバートがフェヒトに声をかけ、部屋の捜索を始めた。

ソフィアもいつまでもただ立っているわけにはいかない。そう思い気力を振り絞る。

どこから探そうかと改めて室内を見渡すと、ふと飾り棚の上のランプが目に止まった。部屋の端に追いやられているそれは、この部屋の中にあって唯一、アンティークの調度品だった。ステンドグラスのシェードが埃《ほこり》を被《かぶ》っている。思い起こせば、ソフィアの父が仕事をしているとき、このランプはいつもその机の上にあった。

「売られていない物もあったのね……」

細かい細工が施されているランプは、売れば高値がつきそうだ。あの叔父が今も持ち続けていることが信じられなかった。

ソフィアは首を傾げて歩み寄り、何となくそれを両手で持ち上げる。引き寄せようとして傾けると、ランプがソフィアの手の中でからんと音を立てた。

「え……？」

ソフィアはもう一度、今度は意識して振ってみる。するとやはりからんからんと何かが入っているような音がした。ギルバートとフェヒトが、驚いたようにソフィアを見ていた。

「先程調べたときには、そんな音はしなかったはずですが」

フェヒトが首を傾げる。ギルバートがソフィアの側《そば》に歩み寄り、ランプの細工に目を凝らした。

「──これはアンティーク調度ではない。魔道具だ」

ギルバートの言葉は予想外のものだった。このランプは、ソフィアの父の物なのだ。まさか魔道具だなんて思いもしなかった。

「でも、これはずっとあって……」

困惑しつつランプを見ていると、ギルバートが手を差し出してきた。ソフィアは壊さないように注意して、そっとランプを手渡す。ギルバートは魔法で弱い風を起こして埃を吹き飛ばし、それを観察し始めた。しかしギルバートが軽く振っても、音は鳴らないようだ。

「ランプ自体はオイル式だ。もう一つの機能は、おそらく男爵家の者のみが扱えるのだろう」

「そのような魔道具もあるのですか？」

ソフィアが今魔道具を使えるのは、ギルバートから貰った藍晶石の指輪をしているからだ。その魔力はギルバートのもので、ソフィアのものではない。レーニシュ男爵家の者のみが扱えるとはいえ、魔道具がソフィアにも反応することが不思議だった。

「親族に限る物は多いな。起動するには魔力が必要だが、こういったものは、血の情報に魔道具側から関与し反応している。特にこのランプのように、何かを隠しておく物にはよく使われる技術だ。

……少し待て」

ギルバートはランプシェードを外してランプと一緒に机に置き、軸に彫られていた模様を紙に描き写していった。紙の上には、その一部を抜き出した図や数字が書き加えられていく。

ソフィアは初めて目にするその作業を、少し離れたところから見つめていた。何とも不思議である。

「それ、模様じゃ……？」

「これは魔道具の回路だ。これで起動の方法が分かれば良いのだが」

ギルバートの手元をそれまで黙っていたフェヒトが覗《のぞ》き込んだ。しばらくして、その図を指差す。

「ここと、ここに情報が足りていないのでは？」

「分かるのですか」

「……多少ですが。よろしければ私にも拝見させてください」

フェヒトは興味深げに笑っている。その笑顔が以前のものとは違って見えた。

ギルバートはすぐに手元の紙とランプをフェヒトに見せた。フェヒトがギルバートの書いた式にいくつかの情報を追記し、ギルバートが更にそれを分解していく。ソフィアは何が起きているのか理解できないまま、二人の作業をじっと見ていた。

少しして、ギルバートが顔を上げた。ランプシェードをランプに戻し、ソフィアを呼ぶ。

「ここを掴んで押し込むと良い。ソフィア、おいで」

ソフィアは呼ばれるまま、ランプの前に立った。その軸の上についている装飾を、ギルバートから貰った指輪をつけた左手で掴む。ただの飾りだと思っていた押し込む場所など無さそうなそれを、ギルバートの魔力を信じ、ぎゅっと思い切り押し込んだ。

ランプの台座が割れ、ぎいと鈍い音と共に開く。その中からは、予想通りの、しかし期待していたものが出てきて、ソフィアは緊張と共に訪れた懐かしさに思わず頬を緩めた。

ダイヤモンドの耳飾りと指輪は、金属こそくすんでしまっているが、その石の輝きは変わらない。母親が最期に身につけていた、ダイヤモンドの装飾品。両親の葬式の日に持ち出すことができなかった、大切な遺品だ。最後に見送ったとき、これらに飾られていた美しい姿を思い出す。

「お母様……」

ソフィアは耳飾りと指輪を手の平に乗せ、祈るようにぎゅっと包んだ。どうか、両親の魂が、安らかな場所にあるように。

ギルバートがその仕草に慌てて顔を上げるが、既に魔道具は起動した後だった。

夜会らしい華やかな音楽が流れている。少し甘さを含んだ控えめな女の笑い声がした。

『何を笑ってるんだ？』

話しかける男の低過ぎない声は優しい響きで、ソフィアは目を見張った。これは――この声は、ソフィアの父の声だ。同時に先の笑い声が母のものだと気付き、目を閉じる。懐かしくて愛《いと》しい。少しでも、欠片《かけら》もこの声を聞き逃したくなかった。

『だって貴方ったら。出掛ける前にずっとソフィアを離さないんだもの』

『仕方ないだろう。一人で夜の邸に残していくなんて、可哀想じゃないか』

『あら。あの子、結構しっかりしてるわよ』

『それでも、だ。心配なものは心配なんだよ』

『ふふ。……じゃあ、早く終わらせてしまいましょう』

流れていた音楽が止み、ざわざわとした人混みの音になる。

ギルバートがソフィアの手を掴んだ。

「――ソフィア、それ以上は」

硬い声に目を開けたソフィアは、すぐ近くにあるギルバートの真剣な表情に驚きを隠せなかった。ギルバートが止めるということは、きっとソフィアにとって辛《つら》い内容なのだろう。ギルバートは、ソフィアを傷付けないように、止めてくれているのだ。しかし、このまま知らずにいることはできない。何も知らないままではいたくなかった。

それがどんなに辛く、苦しいものだとしても。

「お願いします、ギルバート様。私……私、ちゃんと、知りたいのです」

ソフィアは首を左右に振り、組み合わせた両手を更に強くぎゅっと握る。

ギルバートは小さく嘆息すると一度手を離し、ソフィアの手を改めて優しく包み込んだ。

『兄さん。わざわざ夜会の会場で呼び出すなど、何の用だ』

『君が逃げるからだろう。自分が悪いことをしているのだと、本当は分かっているんだな』

『何を――』

『目先の利益に囚《とら》われるな。君が育てているアレは、違法なものだろう』

『そうよ。このままじゃ、男爵家ごと駄目になってしまうわ。今ならまだ……っ！』

『……黙れ！』

がたんと大きな音がして、短い悲鳴が聞こえた。

ソフィアはびくりと身体《からだ》を震わせる。もう何度も聞いたことがある、激昂した声は叔父のものだ。

ギルバートがそっと腕を伸ばしてソフィアの肩を抱いた。止めても良いと言ってくれているのだろう。無言のまま与えられる優しさが、ソフィアに勇気をくれる。

ソフィアはそれに身体を預けて、流れ続ける音に耳を澄ませた。

『私は、すぐにこのことを騎士団に報告するよ。弟だと思って説得に来たが……無駄だったようだ』

『そんなことをしてみろ、お前達も道連れにしてやる』

『何を……』

『殺してやる……殺してやるからな！』

『君が思うようにはならないよ。もっと早く話をしていれば良かった』

扉が閉まる音がして、二人分の足音がする。少しして夜会の音が戻ってきた。

それから更にしばらくしてまた足音がして、何回か扉を抜けた音がした。どうやら、夜会から帰ろうとしているようだ。

『……申し訳ございません。ちと腹具合がおかしくて』

『パーシー、早く帰りましょう』

『はいはい、すぐに』

馬車が動き出したようだ。ごとごととした音がする。


ソフィアはその馬車の行き着く先を知り、ぎゅっと目を瞑《つぶ》る。今更ながら、逃げ出したいほど怖くなった。身体が震えているのが分かる。ギルバートが支えてくれていなければ、倒れてしまいそうだった。

それでも最後まで父と母の声が聞きたい。知らずにいた真実とちゃんと向き合いたい。その一心で、ソフィアは組み合わせた手を緩めることはしなかった。


『ねえ貴方、どうするつもりなの？』

『そうだな。話をして分かり合えればと思っていたのだが、やはり難しいか。少しでも早く騎士団を動かしてもらえるよう、伯爵殿に頼んでみよう』

『でも、あの家にはビアンカちゃんがいるわ。確か、ソフィアと同い歳《どし》よね』

『望むなら家に入れれば良い。幼いあの子には関係無いことだ。だが……ソフィアは大丈夫だろうか』

『あら、どうして？』

『――あの子は人見知りだろう』

『ふふ。本当に貴方はソフィアに甘いんだから』

『そうかな。……早く家に帰りたいよ』

会話が途切れ、烏《からす》の鳴き声がした。馬車の音が大きくなる。速度が上がっているのか、舗装されていない道を走っているのか。がんがんと何かを叩《たた》く音がした。

『パーシー！　何をしている⁉』

『すみませんね、貴方の弟君に頼まれまして』

『この――』

『貴方、一体何が⁉』

『パーシーが馬車を降りた。外から鍵がかかっているんだ！　それに、ここは……っ』

何かが壊れる大きな音と、複数の木の枝が折れる音。そして叩きつけるような音がして、ソフィアは息を呑んだ。途端に一切の音が消え、執務室は静けさに包まれる。

最初に口を開いたのはフェヒトだった。

「私はこのことを伝えてきます。侯爵殿は、証拠品をお願いします」

それはソフィアへの気遣いだろう。フェヒトが扉を閉める音がやけに遠く聞こえた。

これは、最期の音だ。

あんなに優しくて、大好きだった両親の命は、こんなにも無情に奪われていたのか。悔しい。怖い。どうしてこんなことができたのだろう。

動けずにいるソフィアの背を、ギルバートの手がゆっくりと励ますように摩《さす》っている。

両親が崖から落ちて死んでしまったことはソフィアも知っていたし、叔父達が疑われていることも分かっていた。今の音声がそのときのものであることは間違いないのだから、これが証拠となるだろう。

このまま動かずにいても何も変わらないことは、ソフィアが一番理解している。しかし動いてしまったら、今まで張り詰めていた細い糸が、切れてしまうような気がした。ギルバートが何も言わずにソフィアを待ってくれているのは、それを分かってくれているからだろうか。

重い静寂が場を支配していた。それを破ったのは、ギルバートでもソフィアでもない、声だ。

『――ソフィア、ご……ね』

それはとても微《かす》かな声だった。少し甘さを含んだ控えめな声は、今にも消えそうなほどに掠《かす》れている。ソフィアは目を見開いた。これは間違いなく、母からソフィアへの言葉だった。

糸は簡単に切れ、ずっと堪《こら》えていた涙が溢《あふ》れてくる。

「お母様……？」

『どうか、しあ……せに。帰れ、なくて。ごめ……なさ――』

そして今度こそ魔道具の耳飾りは完全にその動作を停止した。

ソフィアはぺたりと床に座り込んだ。母の最期の言葉が耳から離れない。理不尽に命を奪われながらも、父はソフィアを心配し、母は幸せを願ってくれていた。

ギルバートが床に膝をついて、ソフィアが組み合わせたままでいた手をゆっくりと解いた。耳飾りと指輪は、変わらずそこにある。魔道具であったことが嘘《うそ》のように、透明な石が控えめにその存在を主張していた。

「ギ……ルバート様。私、私……っ」

涙は次々に溢れて止まってくれなかった。

ギルバートが涙を拾い集めるように指先でそれを掬《すく》う。動けずにいるソフィアはそれに甘えて、行き場の無い感情のまま子供のような泣き声を上げた。

「大丈夫だ、大丈夫だから──」

どんなに掬っても、涙は止まってくれない。途方に暮れたように泣き続けるソフィアを、ギルバートは覆うように抱き締めた。

「駄目、ですっ。お召し物が……！」

ギルバートは黒い騎士服姿だ。涙が染みになってしまう。

「構わない」

ギルバートはそう言って、抱き締める腕の力を強めた。マントでソフィアを包むようにして、体温を分け与えられる。生きているからこその熱が、服越しに触れる肌から伝わってくる。それは冷えた心を温め、氷を融《と》かして涙に変えた。

いつ止まるか分からない涙が流れ切るまで、ギルバートは腕を緩めてはくれなかった。

やっと最後の涙が落ちた。それを見計らったように、ギルバートがソフィアの顔を覗き込む。

「少し馬車で待っていてくれ。この場を片付けてくる」

ギルバートはそう言ってソフィアを横抱きにした。

ソフィアは小さく悲鳴を上げたが、すぐに早足で移動するギルバートの揺れに耐えられず、顔から離した両手をギルバートの首に回す。すれ違う騎士達の視線から逃げるように、ギルバートの胸に顔を押しつけた。

すぐに玄関に辿り着き、ソフィアは帰りのためにと呼んでいた馬車に乗せられた。心細い思いをしたのはほんの短い間で、一度その場を離れたギルバートは、すぐに馬車に戻ってくる。

ギルバートはソフィアを宿まで送り届けて、レーニシュ男爵邸へと引き返していった。その日全てを終えたギルバート達が帰ってきたのは、もうすっかり夜が更け、ソフィアが部屋の明かりを消した後だった。


ソフィアは布団に潜り込んだまま、ぎゅっと目を閉じた。

今日は色々なことがあった一日だった。母の指輪と耳飾りが見つかり、パーシーと他数人の使用人が捕らえられた。これから自警団や領地の調査も始まるのだろう。

捜査が早く進んだ分の残り数日、このままレーニシュ男爵領で過ごすことができるらしい。ソフィアにとっては願ってもないことだった。今、こんな気持ちで王都に戻っても、以前のように笑える気がしない。

「お父様、お母様……」

微かな月明かりが、窓から差し込んでいる。

思い出すのは今日聞いてしまった両親の声だ。

最期の声が、悲鳴が、耳に残って離れない。目を閉じた暗闇の中、見ていないのに頭の中で勝手に声に映像が重なっていく。不思議と叔父母を恨む気持ちにはなれなかったが、思えば思うほど悲しみは深く、ソフィアを搦《から》め捕ろうと押し寄せてきた。

涙に濡《ぬ》れた枕が、何度も泣いて火照った頬にひやりと冷たい。

「――ソフィア、まだ起きているか？」

ギルバートの声がした。

廊下から聞こえた足音でギルバート達が帰ってきていることは知っていた。しかしこんな顔を見せることはできないと、敢《あ》えて出迎えはしていなかった。それからしばらく時間が経《た》っている。

「どうして……」

ソフィアの呟きを聞いている者はいない。どうして来てしまったのだろう。これまでソフィアは、苦しいときも悲しいときも、一人、自室に篭ってやりすごしていた。心細くはあるが、いつかそれらの感情は処理され、普段通りに振る舞うことができるようになる。

ソフィアは布団の中でじっと息を殺した。返事が無ければ、ギルバートはきっと自室に戻ってくれるだろう。しかしソフィアの予想に反して、部屋の扉が開けられた。ここが宿であったことが災いした。入り口の鍵は宿の主人が持っているのだ。

ゆっくりと床を踏む音が近付いてくる。ソフィアは呼吸する音すら押し殺すように布団に包《くる》まった。

それなのに、自分のものではない呼吸音は一切の躊躇《ちゅうちょ》無く近付いてくる。寝台が軋《きし》んだかと思うと布団を捲《めく》られ、必死で隠していた顔が露《あら》わにされる。

「やはり、起きていたか」

ソフィアがおずおずと目を開けると、部屋着姿のギルバートが寝台の端に腰掛けていた。

「も、申し訳、ございませ――」

眠った振りをしていたことがばれてしまうと非常に気まずい。

ソフィアは慌てて寝台に手をつき、上半身を起こした。夜の闇と月明かりの逆光で、ギルバートの表情は見えない。ただその銀の髪だけが、夜の精霊のように輝いていた。

「すまなかった」

ギルバートがソフィアの言葉に被せるように言う。ソフィアは息を呑んだ。

「止めてやれば良かった。……私は、内容を知っていたのだから」

その指先が頬を撫《な》でていく。辿られているのが涙の跡だと分かり、目を伏せた。

「謝らないでください。私は……父と母の言葉が聞けて、良かったと思っています」

もしもあのまま証拠として回収されてしまっていたら、ソフィアが聞くことは決してできなかっただろう。責める気持ちになどなるはずがなかった。苦しくても、ソフィア自身が望んだことだ。

ただ、行き場のない心を持て余しているだけだ。

ギルバートが小さく息を吐く。

「――そうか。ソフィアはこのまま出発の日まで休むと良い。出掛けても良いが、この町からは出ないように」

「はい、分かりました」

ソフィアがどうにか微笑《ほほえ》みの形に表情を作って返事をすると、ギルバートは僅かに顔を顰《しか》めたが、いつものように頭を撫でてくれた。

その手が、幼い日の父の記憶と重なった。

「おやすみ、ソフィア」

就寝の言葉はさよならの合図だ。大きな背中がソフィアの側から離れていく。

その腕に縋《すが》ったのは、無意識だった。触れてからソフィアは自身の弱さに気付く。――愛していた。愛してくれていた。何年も経って今更失うことが怖くなるなんて、なんて滑稽だろう。

「ソフィア……？」

ギルバートが驚いて当然だ。ソフィアは今、寝台の上でギルバートを引き止めているのだ。それでも手を離したくなかった。

「――……ごめん、なさい。ギルバート様が、どこかに行っちゃうような気が……して」

あの夜会の日、ソフィアは出掛ける前の父に抱き締められた。何度も頭を撫でられ、ソフィアも行ってらっしゃいと笑顔で手を振った。

ギルバートとソフィアの父親に、似ているところはほとんど無い。ましてギルバートはただ隣の部屋に戻るだけだ。どこかに行ってしまうはずがない。

頭では理解しているのに、赤くなった目が、恐れに冷えた指先が、その温《ぬく》もりに縋ってしまう。

「ソフィア……」

ギルバートの腕から力が抜けたのが分かった。呆《あき》れさせてしまっただろうか。こんなに弱いソフィアなんて、受け入れられなくて当然だ。

「ごめんなさい。あの、大丈夫、ですから……っ」

ソフィアの強がりな手が、ギルバートの腕から離れた。それを追いかけるようにして拾い上げたのは、離したはずの手だ。

「──分かった。分かったから……そんな顔をするな」

ギルバートはソフィアの手を引き、近付いた額をこつんとぶつけた。きっと二人にしか聞こえない小さな音が、言葉にせずとも秘密だと伝えているかのようだ。

「今夜はここにいる。だから、安心して眠ると良い」

「ギルバート様……でも」

「大丈夫だ。──どうせ、私達しか知らない」

布団に身体を滑り込ませたギルバートが、ソフィアの背に腕を回してくる。ソフィアはギルバートの腕に身を任せて、寝台に身体を横たえた。

優しく包むように抱き締められると、自分のものではない感触が夜着越しに伝わってくる。悪いことをしているのだと分かっていた。それでも、離れられなかった。

体温が混ざって、心ごと温められているような気がする。上目遣いに窺うと、ギルバートの顔が思っていたよりも近くにあって、ソフィアは慌てて目を閉じた。

「……安心しておやすみ」

その言葉に甘えて、ソフィアはギルバートの胸元に擦り寄った。

慣れ親しんだ淡い柑橘《かんきつ》の香りと、少し速い確かな鼓動の音がする。甘える子供のようで恥ずかしかったが、その熱までもがソフィアをここに繋《つな》ぎ留めてくれていた。

「ギルバート様、大好き……」

あんなに怖かった闇が、浮かんできていた想像の中の映像が、得体の知れない不安が、ゆっくりと消えていく。ギルバートのシャツを握り締めたまま、気付けばソフィアは眠りに落ちていた。

その夜、久しぶりに夢で見た両親は、昔と変わらず優しい笑顔で、ソフィアを励ましてくれていた。


翌朝目が覚めたとき、ソフィアは部屋の明るさに驚いた。慌てて窓の外を見ると、太陽はすっかり真上にある。当然だが、ギルバート達は出掛けた後である。

机の上に置かれていた小さな紙片には、ギルバートの筆跡で短く外出の挨拶が書かれていた。

「私、すっかり寝坊してしまったのね」

溜息を吐いても時間は戻ってくれない。ギルバートが起こさなかったのは、きっとソフィアを気遣ってのことだろう。分かっていても少し寂しかった。

ソフィアは簡素なワンピースに着替えて、一階の飲食店に降りた。

「あら。こんにちは、フィーさん」

「アルマさん。こんにちは」

ソフィアはここに来てから覚えた方法で、一人分の食事を注文した。椅子に座り、テーブルに並べられた料理を見る。昨日の夜から何も食べていなかったことに気付き、美味《おい》しそうな香りに空腹を思い出した。

「それにしても、フィーさんと一緒に来たあの人達が、王都の騎士様だったなんてねぇ」

「え」

アルマの言葉に驚いて、ソフィアは食事をする手を止めた。しかしアルマは当然のように笑う。

「だって、昨日も今日もかっちりした服でさ。いやー、初めて見たけど、騎士ってのはかっこいいもんだわね」

「あ……そうでしたね。ええ、私も素敵だと思います」

考えてみれば、レーニシュ男爵邸に行く日、彼等は堂々と騎士服を着ていた。違法商品の生産拠点を押さえ、パーシー達を逮捕した今日はもう、隠す必要がなかったのだろう。

「それで？　三人いるけど、フィーさんの恋人はやっぱりあの銀髪の人？」

「――なっ、にを……っ」

ソフィアは熱を持った頬に慌てて手を当てた。

三人とはギルバートとケヴィンとトビアスのことだろう。ケヴィンはもう王都に戻っているとはいえ、何故《なぜ》その中でギルバートだと分かるのか。

「あれ。だって一人は途中でいなくなっちゃったし。あの人、フィーさんのことすごく気にしてるじゃない。――だからさ、騎士様が恋人のお嬢様を護衛しつつ事件の捜査、とか妄想してたんだ。領主様の邸に騎士団がいっぱいいるって、今朝噂になってたから。もしかしてって思って」

その妄想があまり外れていないことが恐ろしい。そして噂とは、こんなにも早く伝わるのか。

ギルバート達はソフィアの護衛ではないが、彼等近衛騎士は確かに事件の捜査のために来たのだ。

「噂、に……なってるんですか？」

「ああ、そうだよ。まぁあの人達は良い領主様じゃなかったけどさ、これから領地がどうなっちゃうのかって、皆やっぱり不安でしょ？　まぁ、今より悪くなることはないかもしれないけど」

アルマはからからと笑う。

ソフィアは気付いて目を見開いた。レーニシュ男爵領の当主は叔父だ。叔父母が逮捕されてしまって、この領地はこれから誰が、どうしていくのだろう。持ち主がいなくなった領地は、王領になった後で臣下の誰かに褒賞として与えられるか、競売にかけられることが多い。

「──そうですね」

同意の言葉を返しながらも、ソフィアはどこかうわの空だった。レーニシュ男爵領はソフィアの両親が愛し、守ってきた土地だ。仕方のないことだろうが、これからのことを素直に受け止められない自分がいた。

食事を終えたソフィアは、特にすることも思い付かず、何となく宿の周囲を歩いてみることにした。部屋に篭《こも》っていても、良くないことばかり考えてしまう。

町は午後になって朝の活気よりも少し落ち着いた雰囲気だ。

以前アルマが話したことが正しければ、ソフィアは幼い頃、両親と共にこの町を訪れているらしい。

「思い出せないものね……」

見れば何か思い出すかもしれないと考えたのだが、やはり無理だろうか。

領内のどこかの町を歩いた記憶はある。そういうときはいつも、父から少しだけ小遣いを貰って、菓子や小物を買っていた。今思えば、あれは人見知りするソフィアを人に慣らすためでもあったのかもしれない。

町はあまり大きくなかったが、ソフィアが一人で歩いて回るには広過ぎた。しばらく歩いてみたが知らない道ばかりだ。まだ本調子ではないソフィアは、裏路地の途中で諦め、宿に戻ることにした。

「あら。でも、このお店――」

そこにあったのは、何の変哲もない小さな雑貨屋だった。ソフィアは見た目の可愛《かわい》さに何となく興味が湧き、扉を開けた。

「いらっしゃいませっ！」

店内は生活用品を主に様々な雑貨を扱っているようだ。コップや皿もあれば、リボンや刺繍《ししゅう》糸まである。外観と同じく、中まで可愛らしい。壁には小さな絵や刺繍作品が額装されて飾られていた。

「壁の作品は、お客様からいただいたものがほとんどなんです。良ければ見ていってくださいね」

声をかけられてそちらを見ると、エプロン姿の少女が店番をしていた。ソフィアより歳下かもしれない。軽く頭を下げ、言われた通り壁の作品を見ていくことにした。

刺繍も絵も、子供が初めて作ったようなものから、職人か芸術家の仕事と言っても良いほどのものまであった。見ているだけでも楽しく、少し元気になれる。

ソフィアは思い切って、少女に話しかけた。

「随分、色々な人の作品があるんですね」

「はいっ、このお店はおばあちゃんの頃からあるんです。だから、私が会ったことのない人のもたくさんあります」

話しかけられたことが嬉《うれ》しかったのか、少女は笑顔で教えてくれた。

少女の祖母の代からなら、もう何十年もここにあるのだろう。それに驚き、同時に何故か少し嬉しくなる。この嬉しさはどこから来るのだろう。

「そうなんですね。ありがとうございます」

視線を壁に戻して改めて見ると、確かに端が黄ばんでしまっているものもあった。随分前から飾られているようだ。そんな中、一つの刺繍に目が止まった。

それは何の変哲もない、子供が刺したような簡単な刺繍だった。植物の蔦《つた》が絡まっている中に、桃色の花がいくつも咲いている。端に小さくSの文字が縫い取られていた。

「あの、これは……？」

ソフィアが指差すものを見て、少女が近付いてくる。

「お姉さん、これが気になるんですか？　ええと、確か先代領主様のお嬢様――ソフィア様が刺したものだそうで、町に来た奥方様からいただいたんだとか。本当かどうか、私には分からないですけどね。母が大事にしていて、ずっと店に飾ってるんですよ」

少女は首を傾げながらも笑い声を上げた。

他の誰に分からなくても、ソフィアにはそれが本物だと分かる。確かにずっと前にソフィアが刺したものだったのだ。針目は揃っていないし、緩やかな曲線になるはずの蔦がところどころ折れている。

この店のことは思い出せなくても、この刺繍は、ずっと幼い頃に母に教わりながら作ったものに違いなかった。

泣いてしまいそうになるのを堪えて、ソフィアは顔を上げる。今はもう、もう何もできないままの子供ではない。

「――あの、これ……これって、絵に写しても良いですか？」

「えっと、端の方でやってくださるのなら、別に構いませんけど」

「ありがとうございます！」

ソフィアはそれから、その店で安価なメモ帳とペンを買って、その刺繍を描き写した。あまり複雑な図案でなかったこともあり、一時間もかからずに作業を終える。

「あとは、ええと」

適当な布と糸、刺繍道具を選ぶ。町民向けの店だったお陰で、ソフィアの手持ちの金だけで、欲しいものは全て買い揃えることができた。

ソフィアは大急ぎで宿に戻って、買ったものと描き写した図案を机に広げた。この図案ならば、今のソフィアにはそう時間はかからない。それでも、できるだけ丁寧に作りたかった。

そのままギルバート達が帰ってくるまで、ソフィアは部屋から出ずにずっと手を動かし続けていた。


ギルバートは、その夜もソフィアが眠るまで側にいてくれた。ギルバートも疲れているだろうに、それでも向けられる優しさが嬉しいとは、随分我儘《わがまま》になったと思う。

そして次にギルバートが帰ってきたときには、ソフィアの作っていたそれは完成していた。子供の頃と同じ図案、似た色。しかし蔦は美しい曲線で絡まり合い、その花は細かなグラデーションで咲き誇っている。

納得のいく出来にほっと息を吐く。同じものを二つ作り、片方は端を縫い止めてポーチにした。

ソフィアは余った布と糸を片付け、ギルバートを待った。

「おかえりなさいませ、ギルバート様」

その足音を聞いてぱたぱたと出迎えたソフィアに、ギルバートが安心したように微笑んだ。

しばらく落ち込んでいた自覚はある。やはり心配をかけていたのだと思うと、申し訳ない。

「ただいま、ソフィア。食事はまだか？　今日こそは一緒にと思ったのだが」

ギルバートの誘いに、ソフィアは笑顔で頷いた。

着替えてから改めてやってきたギルバートと共に一階に降りる。すっかり仲良くなったアルマが、ギルバートといるソフィアを見て愉快そうな笑みを浮かべた。

食事を始めてしばらくして、ソフィアは意を決して口を開いた。

「ギルバート様」

名を呼ばれ、ギルバートが視線を上げる。

「どうした？」

その質問はあまりに短い。しかし響きは優しかった。ソフィアは少し遠慮がちに話を続ける。

「あの、両親のお墓に行きたいのです。多分ここからだと、一人では行けなくて……」

もう一度受け入れるために、そして覚悟をするために、ソフィアは両親に会いに行きたかった。

レーニシュ男爵家の墓は、周囲を自然に囲まれた丘の上にある。初代男爵が広く領地を見渡せる場所にと望んだ結果だと聞いていたが、ソフィア一人で行ける場所ではない。かつて叔父母やビアンカと上手《うま》く付き合えず、一人でレーニシュ男爵邸を抜け出して行こうとしたこともあった。しかし辿り着けずに引き返したのだ。

この場所からだと、どれくらいかかるだろう。

「それなら、領地を発つ前に行こう。私も挨拶させてもらいたい。都合はつける。――共に行っても良いか？」

「よろしいの、ですか？」

ギルバートの言葉は、ソフィアの期待以上のものだった。ギルバートもソフィアの両親に会いたいと、そう思ってくれていたのだ。

「ああ。どちらにせよ、一日は時間を取れるように動いていた。仕事とはいえ、ソフィアと領地を見てから帰りたかったから」

当然のように言い、ギルバートは食事を進める。

その返事に、ソフィアはもう一つの願いを口にした。これは、ソフィアの我儘だ。

「それと、もしよろしければ――」


その日は快晴だった。空は青く澄み渡り、冬でもその緑を保っている芝が冷たい風に揺れている。

「一緒に来てくださって、ありがとうございます」

ソフィアは町で買った大きな花束を抱え直し、ギルバートの差し出した手に手を重ねた。その手を頼りに、レーニシュ男爵家の馬車からゆっくりと降りる。

この数日で、レーニシュ男爵夫妻の逮捕劇はすっかり領内に知れ渡っていた。

新聞が記事にしたことも大きかったが、噂の方もなかなかの勢いがあるようだ。

特に先代男爵夫妻の殺害については、違法商品の生産についてよりも感傷的な情報として扱われ、先代男爵の人徳も相まって、ソフィアはすっかり悲劇のヒロインにされている。

町の様々な場所で、先代の一人娘はどうしているのだろう等と囁《ささや》かれていて、それがソフィアだと気付かれていないことを知りながらも、落ち着いて出掛けることはできなかった。

「いや。私こそ、お前とここに来られて良かった」

それでも今日敢《あ》えてレーニシュ男爵家の馬車を使ったのは、ソフィアにとって覚悟の証《あかし》だった。ここに来るまでの間、この馬車は何人にも目撃されている。

ギルバートに手を引かれて丘を登ると、そこは高台になっていて、記憶の通りの景色が広がっていた。ここからは、領地がよく見える。

誰かが手入れをしてくれていたのだろうか、墓の周囲も整えられていた。叔父達であるはずがないから、これまでの領主の誰かを大切にしている人が、してくれていたのだろう。

ソフィアは昨日縫い上げた刺繍を墓前に広げ、花束をその上に供えた。

「――お父様、お母様。やっと……会いにくることができました」

膝をつき、祈りの形に組み合わせた手に額を寄せて目を閉じる。

取り留めなく流れていく思考の中、浮かぶのは両親の笑顔と領民達の姿だった。男爵家とはいえあまり裕福とは言えず、いつも領地と領民のためにと飛び回っていた両親。二人共、いつもソフィアに優しかった。

供えた刺繍は、二人の娘としてのソフィアの、子供らしい承認欲求だ。こんなに綺麗《きれい》に作れるようになったことを、知ってもらいたかった。

いつまでも守られるだけの子供ではないのだ。

「ギルバート様、お願いがあります」

ソフィアは顔を上げ、ギルバートを見た。たくさん考えて決めたことだ、後悔などしない。もしもギルバートが迷惑だと思うのなら、たとえ一人であったとしても。

「私に……私に、レーニシュ男爵領を継がせてください。父と母が愛したこの場所を、どうか、守らせてください」

知らない誰かのものになると考えたとき、嫌だと思った。

今レーニシュ男爵家の血を引く者は、叔父母以外にはソフィアとビアンカしかいない。しかしビアンカにはきっとその覚悟は無い。今のレーニシュ男爵領は、負債にしかならないのだ。ギルバートにとっても、フォルスター侯爵家にとっても、重荷でしかないだろう。

ギルバートは無言のまま、ソフィアの横に片膝をつき、腰に提げていた剣を地面に置いた。そして、墓石に向かって真摯な瞳を向ける。

ソフィアは驚いてその姿を見つめた。それは墓前には似つかわしくない、正式な騎士の礼だ。

「ご挨拶が遅くなりました。ギルバート・フォルスターと申します。お義父《とう》様、お義母《かあ》様、どうかソフィア嬢との結婚をお許しください。彼女の思いは、私も共に守ります。——領地も、彼女も……必ず」

その低く落ち着いた声は、二人の他に人影の無い丘を抜け、風に吸い込まれていった。

ソフィアはその意味を理解し切れないまま、ギルバートの姿に見惚《みと》れてしまう。その姿はただただ清廉な心をそのまま映し出しているように凛として美しかった。

「ソフィア」

いつの間にか、ギルバートの手がソフィアの頬に触れていた。ソフィアははっと目を見開いたが、直後吹いた冷たい風に首を竦《すく》める。ギルバートがそれを見て小さく笑った。

「レーニシュ男爵領を継いで、私の元に嫁いでこい。大切なものは、一つも諦めることはない」

それは、まるで熱の塊のような言葉だった。覚悟と言って誤魔化して押し固めてきた心が、途端に柔らかく広がっていくのが分かる。

「ですが……」

「――ソフィア」

ギルバートの手が、ソフィアが俯くことを許さなかった。

その藍色の瞳は、眩《まぶ》しい太陽の下、磨き抜かれた藍晶石よりも美しく強い輝きを宿している。この瞳を疑いたくない。ずっと信じていたいと、強く思った。

「どうか、我儘を許してください。私は……ギルバート様にそう仰っていただいて、とても嬉しいです。本当に……幸せ者です……っ」

ギルバートの表情が、涙で滲《にじ》んで見えなくなっていく。それはまた無意識のうちに一つを諦めようとしていたソフィアにとって、この上ない愛の言葉だった。

「――はい。私は……もう、諦めません」

涙を拭われ目を開けると、いつかソフィアが渡した刺繍入りのハンカチがギルバートの手にあった。ソフィアは思わず口元を緩める。

まだ冬は続く頃のはずなのに、どこか春を感じさせる風が、二人の髪を舞い上げていった。

少しひびの入ったくすんだ白い壁に、不釣り合いなほど美しく磨かれたステンドグラス。何日か振りに訪れたそこで、ソフィアは大きな木製の扉をゆっくりと引いた。

「こんにちは」

もうすぐ午後になる時間、町の大きな教会には、いつも通り店じまいをする子供達と、彼等を迎えに来た神父の姿があった。

「お姉ちゃんだー！」

ミアが駆け寄ってきて、ソフィアにぴょんと飛びついた。

「こんにちは、ミアちゃん」

ソフィアはしゃがんでその小さな頭を撫でた。今日はミア以外には初対面の子供達だった。当番制なのだろうか。微笑みかけると、ぺこりと頭を下げてくれる。

「ねえ、お姉ちゃん。今日はこの前のお兄ちゃんと一緒じゃないの？　……あっ、もしかして今日のお兄ちゃんが、お姉ちゃんの王子様ー？」

幼いミアの声は、雑音の無い教会に良く響く。少し離れたところで教会を観察していたギルバートが、驚いたようにこちらに目を向けた。ソフィアはミアの目を見て、悪戯《いたずら》に微笑む。

「ええ、そうよ。……この人が、私の王子様」

ミアはぱっと表情を輝かせた。瞳がきょろきょろとソフィアとギルバートの間を行き来している。話を聞いていたギルバートが、困ったように歩み寄ってきた。

ミアは表情の無いギルバートにも臆せずに笑う。

「お兄ちゃんが、お姉ちゃんの王子様なのー？」

「私はソフィアの騎士であり、ただ一人でありたい。それが王子だと言うのなら、そうだ」

背の高いギルバートが、屈んでミアに目線を合わせた。伸ばした手で、ミアの頭をわしわしと撫でる。ミアにその言葉の正しい意味が分かっているのだろうか。

きゃあと甲高い声を上げ、ミアは嬉しそうにぱたぱたと走り回った。

「ギルバート様っ」

ソフィアはギルバートの率直な言葉が恥ずかしくて、染まってしまった頬で抗議した。

「事実だ。気にしなくていい」

「とは仰いましても……！」

ソフィアの頭を、ギルバートが優しく撫でた。それは乱れた髪を整えてくれているようでもある。ミアの頭を撫でるのとは違う手付きが、ソフィアを幸せな気持ちにさせた。その手に心を任せているうちにソフィアは少しずつ落ち着いてきて、今日ここに来た本来の理由を思い出す。

少し離れたところで様子を窺っていた神父に挨拶をして近付いた。ソフィアはその正面で姿勢を正し、淑女の礼をする。

「こんにちは、神父様。今日はお話があって参りました。――ソフィア・レーニシュと申します」

その名前を聞いて、神父は目を見張った。すぐに慌てたように深々と頭を下げる。

「まさかソフィア様とは存じ上げず、失礼を致しました」

ソフィアは首を振ってそれを否定した。

「いいえ、顔を上げてください。私こそ、黙っていて申し訳ございませんでした。今日は謝罪をさせていただきたくて参りました」

神父はソフィアの物言いに首を傾げた。

「謝罪など……今の私共にとっては、お元気な姿を見ることができるだけで幸せですのに。では、もしかしてあちらの方は」

神父の目が、ミアと他の子供達に囲まれているギルバートに向けられた。

子供達に振り回されて困った顔をしているギルバートが面白くて、ソフィアはどれまでの緊張が解れ、自然に微笑むことができた。

「彼はギルバート様……ギルバート・フォルスター様です。今日は、共に領地を見て回っています」

「やはりそうでしたか。ご婚約、おめでとうございます」

「あ……ありがとうございます」

改めて他人から言われるのは気恥ずかしい。しかし、嬉しいものだった。

領民達はソフィアのことも、ギルバートのことも知っているようだ。王都にいる貴族は皆が知っていることだから、大きな疑問は無い。おそらくここ数日の騒ぎと一緒に伝わったのだろう。

今日話をしに来たのは、これだけではない。ソフィアはスカートの陰でぎゅっと手を握り締めた。

「――あの。子供達から、男爵家から寄付されていた刺繍の小物が届かなくなったと聞いたのですが」

ずっと気になっていたのだ。領民達にとって、実際に領政を行っていた叔父母は別として、ビアンカは良い令嬢を演じていた。それがソフィアの刺繍を利用したものであったとはいえ、子供達にとっては、目に見えるそれこそが事実だったのだ。

「それは……その通りです。ですが、このような事件になってしまわれては、今後も難しいのでしょう。子供達が懐いていたので残念ではありますが……仕方のないことです」

どこか力無く言う神父に、罪悪感が募った。ソフィアは鞄《かばん》の中から昨日作ったポーチを取り出し、神父に渡す。今は、自分にできることをするしかないのだ。

「あの図案はビアンカのものですので、新しいものを作りました。もしよろしければ……これからは、私に、こちらに寄付をさせていただけませんか。きっと時間はかかるでしょうが、ビアンカの分まで……子供達が寂しくならないように、頑張りたいと思います。どうか、同じ男爵家の者として、お願いします。私に、時間を戴《いただ》けませんか?」

ソフィアは願いを込めて深く頭を下げた。

本当のことなど、誰も知らなくても良い。ただ、領地で暮らす子供達にできることがあるのならば、真面目なレーニシュ男爵であった父親のように、彼等のためにできることがしたい。ここにはもうソフィアしかいないのだ。

「勿論《もちろん》です。——お待ちしておりますね」

神父は全てを包み込むような穏やかな微笑みで、ソフィアに頷いた。

ソフィアとギルバートは教会を出てから、少し町の中を見て回ることにした。

レーニシュ男爵家の馬車が町を走ると、中に乗っているのは誰だろうと皆が噂していることが分かる。今話題になっていることを知っていたからこそ、今日はこの馬車を使いたかった。しかしここまでとは、ソフィアもさすがに予想外だ。

ギルバートが馬車から降りると、誰だか分からないまでもその圧倒的な美しさに騒《ざわ》めきが起こった。

「ソフィア、手を」

ソフィアが馬車を降りようとすると、当然のようにギルバートが手を差し出した。

これから人々の前に出るのだと思うと、足が震えそうになる。しかしちっぽけなソフィアが、怯《おび》えた様子を見せることは許されなかった。

ソフィアはギルバートの手に手を重ね、勇気を振り絞って踏み台に足をかけた。背筋を伸ばして前を向く。ソフィアの姿が現れた、瞬間、人々がわっと沸き立った。

「これは……」

ソフィア自身、事件以降の数日で自分がどのように噂されているかは知っていた。

両親を殺害され、叔父母から虐《いじ》められて家を追い出された可哀想なお嬢様。ソフィアを助けたギルバートがまるで物語のヒーローのように扱われていることも、宿の飲食店や町に出れば聞こえてくる。

まさか、このようなことになるとは思わなかった。

「ソフィア、大丈夫か」

ただ少し、帰る前にカリーナへの土産を見たいと思っただけだった。ソフィアは躊躇した足を前に進め、地に足をつける。ギルバートの手は離せそうにない。

「はい。多分」

「ならば笑ってやれ。今だけ、少しで良い」

ソフィアは引き攣《つ》りそうになる表情を必死で緩めて手を振った。中には記者らしき者もいる。しかし悪意ある目は一つも無かった。確かに彼等はソフィアを思ってくれて、ここにいるのだ。ならばソフィアも、せめて今できる精一杯で、レーニシュ男爵家の者として振る舞いたかった。

ギルバートがソフィアの手を引き、ゆっくりと目当ての店へと入る。護衛についているトビアスが、残った自警団と共に集まった人達を上手く誘導しているようだ。

「私、まだ何もしておりませんが……」

「それだけ期待されているのだと思えばいい。男爵夫妻が逮捕され領地の今後が分からない今、心の拠《よ》り所が欲しいのだろう。――この分なら、お前が領地を継いでも、私の元に嫁いでも……反発は無さそうだ」

さらりと言ったギルバートは、既に商品の並ぶ棚に目を向けている。ソフィアが隣に立つと、ちらりと目を向けてくれた。その何気無い気遣いが嬉しくて、不安は希望へと塗り変わっていった。

5章　令嬢は黒騎士様と前を向く

レーニシュ男爵領まで正体を隠して急いできた往路と違い、帰路は王都のフォルスター侯爵家から馬車が用意された。このまま三日かけて王都に戻ることになる。

「行きは大分無理をさせた。帰りは急がないから、安心しろ」

「はい、ありがとうございます」

ソフィアは頷《うなず》いて、ほっと息を吐いた。領地に来るときは商人の振りをしていたのだ。ずっと馬に乗っているのも距離が近くて幸せだったが、外出することがあまりないソフィアには大変な旅路だった。

「私は馬で行くが、馬車に並走している。何かあれば言ってくれ」

「はい」

当然のようにかけられる温かい言葉が嬉《うれ》しい。宿の周りには人集《ひとだか》りができていて、アルマも見送りをしてくれている。

「ソフィア様だったんですね」

アルマは瞳を潤ませながら笑っている。

「はい。あの、嘘《うそ》を吐《つ》いてしまって、ごめんなさい」

宿ではフィーと名乗っていた。ソフィアのことを心配してくれていたのに、だ。

しかしアルマは首を左右に振って、目を細めた。

「いいや。フィーさん、あのね、ソフィア様が元気でいてくれて……私も、皆も嬉しいんだよ。だから、ありがとう。またいつでも会いにきてね！」

領地では色々なことがあった。ソフィアの友人であり侍女でもあるカリーナは、ソフィアの頑張りを褒めてくれるだろうか。

アルマ達に手を振って、ギルバートのエスコートで馬車の踏み台に足をかける。頭をぶつけないよう少し屈《かが》んで馬車に乗り込み、ソフィアは目を見張った。

「ソフィア、お疲れ様。なんか大変だったみたいじゃない」

カリーナがからりと笑って、ソフィアを手招きしている。まさに今、ソフィアが会いたいと思っていたカリーナだった。掌《てのひら》で目を擦《こす》ってみるが、夢ではなさそうだ。

「カリーナ!?　え……どうして」

「ギルバート様から頼まれたのよ。帰りは馬車だから、ソフィアに同行してほしいって。あ、ほら。さっさと座りなさい」

ソフィアはカリーナの向かい側に腰を下ろし、首を傾《かし》げた。

「あ。う、うん。ギルバート様が？」

「そうよ。馬車の中は一人だし、色々あったから心配したんでしょ。本当、過保護なんだから」

言葉と裏腹にカリーナは嬉しそうな顔をしている。それがソフィアも嬉しい。早くカリーナに会いたかったのだ。

「あのね、カリーナ。いろんなことがあったの。聞いてくれる？」

「当然よ。王都まで三日もかかるんだもの。時間なら、いっぱいあるわ」

それに無茶した分磨かないと、と言ってカリーナは手をわきわきと動かした。馬車が動き出して、かたかたと揺れる。

ソフィアは何から話そうかと、逸《はや》る心を持て余して笑みを浮かべた。


「おかえりなさい、ソフィアちゃん！」

フォルスター侯爵邸に入って最初にソフィアを出迎えたのは、ギルバートの母であるクリスティーナだった。急に飛びつくように抱きつかれ、ソフィアは肩を震わせる。そういえば、エルヴィンとクリスティーナがタウンハウスに滞在していたのだと、今になって思い出した。

「大丈夫？　怪我《けが》は無い、無茶してない？」

「は、はい。大丈夫です……っ」

「そう。良かったわ！」

ぎゅむぎゅむと抱き締められると、苦しいが同時に心がぽかぽかと暖かくなる。その少し後ろで、エルヴィンが紳士的な微笑《ほほえ》みを浮かべていた。

「おかえり、ソフィアさん」

「ありがとうございます。お義父《とう》様、お義母《かあ》様。ただいま帰りました」

ぽろりと一雫《しずく》だけ涙が零《こぼ》れたのは無意識だった。

クリスティーナの優しさが、抱き締めてくれる腕が、エルヴィンの穏やかさが、やっと家に帰ってきたのだとソフィアに実感させる。いつの間にかこのフォルスター侯爵邸が、ソフィアにとって、帰るべき家になっていたのだ。

「父上、母上。ただいま戻りました。ソフィアを離していただけますか。旅で疲れているのです。休ませてあげてください」

「それもそうね」

クリスティーナがぱっと手を離す。急に自由になった身体《からだ》をふらつかせたソフィアを、ギルバートが片腕で軽く支えてくれた。

「部屋で休むといい。私はこの後、王城に行ってくる。また後で」

くしゃりと髪を撫《な》でられて、ソフィアは頷いた。

「はい、ありがとうございます。……では、一度失礼させていただきます」

「今日はゆっくりして良いわよ。後でお茶でもしましょうね」

「はい、是非ご一緒させてください」

ふわりと微笑んで一礼し、ソフィアはカリーナを伴って部屋に向かった。

カリーナの手伝いで入浴を済ませ、楽な服に着替えて寝台に横になる。いつの間にか慣れてしまった客間の上等な寝台は、身体と心の強張《こわば》りを解いていく。すっかり気が抜けて、ソフィアはあっという間に眠ってしまっていた。


それから数日して、エルヴィンとクリスティーナは領地に帰っていった。

妙に賑《にぎ》やかだった邸《やしき》は、落ち着いたいつもの雰囲気に戻る。ソフィアもまた、ギルバートの妻になるための勉強に追われる日常を過ごしている。

更にそれから二週間ほどで、レーニシュ男爵夫妻の裁判が終わった。

罪状は違法商品の生産に係る罪と、領民の誘拐を計画し教唆《きょうさ》した罪、先代男爵夫妻の殺人罪だ。攫われた領民達は、治療の必要な者もいるが皆無事であったが、彼等に下された判決は身分剥奪の上の終身刑だった。殺人の実行犯であるパーシー共々、国の北にある牢獄《ろうごく》から、死ぬまで出てくることはできないという。死刑制度が廃止されて久しいこの国では、最も厳しい刑罰だ。

ギルバートはその報告を淡々とソフィアに聞かせた。

「──会いたいか？」

その質問は予想外だった。確かに、彼等はソフィアにとって血縁だ。しかし不思議なことに、叔父母に対して何の情も湧き上がってこない。自身は冷たい人間なのだろうかとも思ったが、もう関わりたくないというのが本音である。

「いいえ。もう、関わりのないことです」

「そうだろうな」

そう思うことが当然であるかのように頷くギルバートに、ソフィアは覚悟を決め、顔を上げた。

「あの、ビアンカのことですが──」

「ビアンカ嬢か」

「……彼女は法律上、何の罪も犯していません。ですが、このまま男爵家に置いておくわけにはいきませんよね……？」

「そうだな」

ビアンカのことをどうしたら良いのか、ソフィアは迷っていた。確かに、かつてはソフィアの恐怖を支配していたが、両親の庇護を失ったビアンカの今後を思うと、胸が痛い。一人きりで生きていくことができないということを、ソフィアは身をもって知っていた。

「そう、か。彼女が心配か」

ギルバートが柔らかく微笑み、ソフィアの髪を撫でた。

「――そう思えるのは良いことだ。ソフィアは、前を向いているな」

「え……」

その言葉に困惑したソフィアの手を、ギルバートが握る。それはいつも通りに優しい。

「過去の辛《つら》さに執着しないのは良いことだ。お前はこれまでの苦労を糧に、優しい思い出を拾って生きていけばいい」

「――……はい」

「では、ビアンカ嬢の処分は私に任せてもらえるか。……信頼できる親戚に、葡萄《ぶどう》酒を作りながら平民として暮らしている変わり者がいる。人手を欲していたはずだ」

ソフィアは目を見開いた。

叔父母が罪人となり男爵令嬢という立場を失くし、行き場の無いはずのビアンカに、ギルバートは家を用意してくれると言うのか。その実質は平民落ちのようなものだろうが、やり直せる可能性があるだろう。

先代男爵である両親の言葉を思い出す。できるなら、ビアンカにも他人との関わりと労働の中で、もう一度正しく生きてほしい。

「お心遣い……ありがとうございます」

ギルバートがそこまで考えてくれていたことが嬉しかった。そしてソフィアには、次にしなければならないことがあった。

「それで、陛下との謁見の予定だが――」

その言葉に、ソフィアはぐっと背筋を伸ばした。

「陛下。お時間を戴き、ありがとうございます」

ソフィアが初めて入る王城の国王との謁見の間は、柱に細かな彫刻がされており、天井にはまるで聖堂のような美しい天使達の絵が描かれていた。

空間に圧倒されつつも、ソフィアはギルバートの隣で優雅に深く礼をする。

ドレスはこの日のために用意した一着だ。首回りをレースで覆い露出を抑えた仕立ては、ソフィアをいつもより大人らしく見せている。カリーナが張り切って整えてくれた髪と化粧も、ソフィアに自信をくれた。隣にいるギルバートもまた、今日は最礼装の騎士服である。

「――顔を上げなさい」

威厳に満ちた声がソフィアの緊張を強めた。しかし何もせずに逃げ帰るわけにはいかない。忙しい国王が時間を取ってくれている上、今日のことを決めたのはソフィア自身だ。

ゆっくりと顔を上げて、正面から国王と目を合わせる。

「今日はソフィア嬢の話を聞くと決めているのでな。ギルバートは少し待て」

「はい」

「さて、ソフィア嬢。今日は私に用があるのだろう？　面倒な挨拶は不要だ。話してみなさい」

国王が面白そうに口角を上げる。その表情は好奇心溢《あふ》れる少年のようでいて、思慮深い老人のようでもあった。

ソフィアは呑《の》まれないように顎を引き、ゆっくりと口を開く。

「はい。この度は、私の叔父母のことでご迷惑をおかけし、申し訳ございませんでした。お話とは、今後のレーニシュ男爵位のことでございます」

「ほう。貴女《あなた》から爵位についての話が出るとは。……続けなさい」

国王は僅かに身を乗り出し、左右の指を交互に組み合わせた。

「今、レーニシュ男爵家には男がおりません。ですが領民達は疲弊し、領地は荒れています。ですので、すぐに嫁いでしまう身ではございますが――どうか私に、レーニシュ男爵位を継がせてくださいませんか……っ！」

男系相続が基本のこの国で、娘が爵位を持つことは稀《まれ》だ。まして今回は、爵位を持っていた叔父は既に牢の中である。所有権を取り上げられて競売にかけられてもおかしくは無かった。

改めて深く頭を下げたソフィアに、国王は一度しっかりと頷いた。

「貴女が望むのなら、相続を認めることは吝《やぶさ》かでない。まして男爵……いや、前男爵は、違法な手段で相続しているのだ。だがギルバートはどう思っているのだ？　今のレーニシュ男爵領は、買い手もつかず褒美にもならない土地だ。現フォルスター侯爵にとっては、欲しい土地というわけでもないだろう」

ギルバートは顔を上げ、国王をまっすぐ見ている。その口元に浮かんだ不敵な笑みに、ソフィアの心臓がとくんと跳ねた。

「私は彼女の望みを叶《かな》えるために参りました。陛下、フォルスター侯爵領についてはご存知のはずです」

フォルスター侯爵領は、これまでも他領を併合してきた経験がある。過去の功績や婚姻等で得た領地が、飛び地のようにあるのだ。それはソフィアもハンスとの勉強会のお陰で知っていた。

「そうだな。——まったく、昔からお前は可愛《かわい》げがない」

「畏れ入ります」

国王はソフィアに向き直った。

「ソフィア嬢」

「はい」

改めて気が引き締まる。

まさか自分が、謁見の間で国王と向き合う日が来るなど思わなかった。しかし今、ソフィアは確かな願いを持ってここにいる。目を逸《そ》らすことは許されない。

「貴女への相続を認めよう。……領民への説明はしっかり行いなさい。何より大切なのは、他者の理解を得ることだ」

「有り難いお言葉でございます」

「ありがとうございます……っ」

ソフィアとギルバートは、共に深く礼をした。

これからギルバートに嫁ぐ春までの間にも、できることはたくさんあるはずだ。嫁いだ後も、フォルスター侯爵領の一つとして、ソフィアも領地とそこに住む領民達のために尽くしたい。

「ソフィア嬢は、領地経営については初心者であろう。エルヴィン達の助けも借りると良い。特務部隊が今回の捜査のために集めた男爵領についての資料も、ギルバートに託《たく》そう。好きに使いなさい」

国王はまるで全て分かっていたかのように言う。しかしどちらであっても、ソフィアにとって有り難い話だった。感謝の意を伝え、その場を辞す。

謁見の間を出て真っ先に深く嘆息したソフィアの肩を、ギルバートが優しく叩《たた》いた。

◇　◇　◇

「何よっ！　ソフィアが男爵ってどういうこと⁉」

両親が逮捕されてから判決が下るまでの間、ビアンカは証拠を隠蔽する可能性があり、また行き場も無かったため、騎士団にある貴人用の部屋に引き止められていた。部屋こそ綺麗《きれい》だったが、家には帰れず娯楽も無い場所は退屈で仕方がなかった。

ビアンカは退屈な空間に辟易《へきえき》していたが、やっとそこから解放されたと思ったら、今度はレーニシュ男爵邸には入れないときた。

レーニシュ男爵家のタウンハウスは先日まで自分の家だったのに、門の前で押し問答をしても、誰も同情してくれない。それどころか面倒なものを見るような冷たい目を向けられている。

「申し訳ございません。レーニシュ男爵位は現在ソフィア様がお持ちです。ビアンカ様、貴女のご両親の爵位は剥奪されておりますので、貴女もまたこの家には無関係の方です」

「だから、そんなの知らないって言ってるのよ！」

「そう仰《おっしゃ》いましても……」

警備兵は口調だけは申し訳なさそうだが、決してビアンカを通そうとはしなかった。

「――分かったわ。もう結構よ」

ビアンカは踵《きびす》を返してレーニシュ男爵邸を後にした。こうなったら直接ソフィアに文句を言わなければ気が済まない。ソフィアがいる場所は、きっとフォルスター侯爵邸だろう。

本来ならば爵位も無い女がいきなり侯爵邸を訪ねること自体が不敬なのだが、そのときのビアンカにはそれを気にする余裕はなかった。やっとそれに気がついたのは、その立派な建物の門の前に立ったときだ。

綺麗に整えられた生垣と、門の前からで分かるタウンハウスにしては広く美しい庭園。そして歴史を感じさせる洗練された建物。ビアンカは権威を象徴しているような外観に怯《ひる》み、しかしもう引き返せないと門前で叫ぶ。

「ソフィア、いるんでしょう⁉　調子に乗ってるんじゃないわよ。早く出てきなさい！」

ビアンカの突然の行動に、門前の警備が目を見張る。制止しようとするのを睨《にら》みつけて、ビアンカは門の先をじっと見た。ソフィアなら必ずビアンカが呼べば出てくるはずだ。

しかし予想に反し、そこにやってきたのは品の良い中年の男だった。おそらく使用人だろう。物腰は柔らかいが、その目には突然の来客への猜疑《さいぎ》心が浮かんでいる。

男はビアンカを見て、何かに思い当たったというような顔をした。

「――……もしや、ビアンカ様でございますか」

敬称をつけて応対されると、嫌な気分はしない。ビアンカは取り澄まして口を開く。

「ええ。私、ビアンカ・レーニシュと申しますわ。こちらにソフィア・レーニシュがいるかと思い参りましたの」

「本当にいらっしゃったのですね。……こちらへどうぞ」

男の合図で門が開けられた。男は慇懃《いんぎん》な態度を崩さず、ビアンカを邸内へと導いていく。玄関までの道も、一寸の綻びも無く美しい。当主の性格か、庭師の腕――これほどの庭師を雇えるだけの家の力か。いずれにせよ、ソフィアがこの家の女主人になろうとしているのだと思うと非常に腹立たしい。

玄関扉を抜けた先のサルーンから魔道具の明かりが等間隔に並んだ廊下を抜け、ビアンカが辿《たど》り着いたのは応接間らしき部屋だった。上品なソファーが対面に置かれた応接セットがあり、縦長の窓の側《そば》には華奢《きゃしゃ》なティーテーブルと椅子が置かれている。窓からは外の庭園が見えるようになっているらしい。室内の調度から庭園まで全てが計算され完成されているように見える。

ビアンカは自身の存在までもが邪魔なもののように感じ、急に心細くなった。

扉が軽く叩かれ、室内に男が一人入ってくる。男はこの完成された空間において、何もかもが完璧だった。確かにここが男の家だと、肌で感じさせられる。

男はビアンカだけでなく、多くの令嬢が美しいと讃《たた》える男だ。しかし同時に、その表情の乏しさからくる恐ろしさ故に距離を置いている者も多い。美しいものが好きなビアンカにとっては勿体ないと思う――その男は、ギルバート・フォルスター侯爵その人だ。

「侯爵様、お邪魔しておりますわ」

ビアンカはきっと顎を上げ、妖艶に微笑んだ。アルベルトはビアンカのこの仕草を見ると、頬を染めて微笑み返してくれる。

「――それで、ソフィアに用があったのか。生憎《あいにく》、今は外出させている」

ギルバートは一切表情を変えないまま、話し始めた。ビアンカに椅子を勧めることもしない。不満に思いつつも、ビアンカはその姿を近くで見ることができるので良しとする。

アルベルトも見目は整っているが、ギルバートの方が、無駄がなく洗練されている。やはり侯爵という地位も素晴らしいし、魔法騎士としての名誉もある。この完璧と言っていいだろう男の伴侶に選ばれたのがソフィアだということが、ビアンカには許し難かった。

「そんな！　でしたら聞いてくださいさい、侯爵様。ソフィアったら、あんなにも仲良くしていた私を家に入れないようにと言いつけているようで……私、どうしようと思って、こちらに伺いましたの」

瞳を潤ませるくらい簡単なことだ。肩を落として上目遣いに見れば、大抵の男は同情してくれる。

「その指示を出したのは私だ。だが、貴女は男爵令嬢の地位を失ったのだから、邸に入れないのは当然ではないか？」

そのはずなのに、ギルバートは全く動揺を見せない。それどころか、邸に入れなかったのは自分のせいだと言った。

「何を……何を仰っているのです？」

「貴女の両親は断罪され、お父上の男爵の地位は剥奪された。つまり貴女は男爵令嬢でも何でもない、ただのビアンカという一人の女でしかないということだ。今後はレーニシュの姓も名乗らない方が良いだろう」

ビアンカはギルバートの言葉に、かあっと頭に血が上った。これまでのビアンカの自尊心を、全て踏みにじられたような気がした。

「これまでソフィアに……優しくしてあげたのに、薄情ですわっ！」

「優しく、か。貴女の常識は随分と歪《ゆが》んでいるらしい」

ギルバートは口の端を上げて、皮肉げな笑みを浮かべている。それが様になっているのも憎らしかった。

「どういう――」

「優しくするというのは、相手の服を裂き物を奪い、蔑み萎縮させることか。婚約者と家まで奪った人間が、嘘偽りで被害者を入れ替えるとは……滑稽なことだ」

呆《あき》れたように視線を逸らされ、ビアンカは何も考えられなくなった。胸に渦巻く淀《よど》んだ感情に支配される。悪い癖だと知っていながら、自分では止めることができない。例え相手が侯爵であったとしても、ビアンカはこんなにも明確に傷付けられたのだ。

「貴方《あなた》は何も知らないのでしょう。私とソフィアの話を勝手に解釈して、全部私が悪いみたいに言わないでくださいませ。……全部持ってるあの子が、私にくれないのがいけないのよ！」

「まるで子供だな。他人のものばかり欲しがり、自分を省みない。勘違いしないでもらいたいが、私は貴女のことを知っている。私は、触れた相手の記憶と感情を読むことができる。貴女は知らなかったようだが……これまでに何度触れたか、考えてみると良い」

言われた言葉はビアンカにとって衝撃だった。

思えば初めて会ったときから、ギルバートは無駄にビアンカに触れようとしていた。街で会ったときも、夜会で転びかけたときも。もしかしてあれらも、この男の策略だったと言うのか。

触れた相手のことが分かるなど、そんな力があってたまるかとも思うが、ギルバートのようないかにも真面目そうな男からこのような場面で真剣に言われると、信じざるを得ない。

だから令嬢達は、ギルバートを恐れていたのか。同性の友人がおらず、貴族の末端にあたる男爵家の令嬢であったビアンカには、知る由もなかった。

血の気が引いていくのが分かる。自身の行動が他者からどう見えるのかは、ビアンカ自身が一番良く分かっていることだった。だから、隠していたのだから。

「以前にも言ったな。貴女の価値観で全てが決まると思わない方が良いと。少なくともそれは……ソフィアは、私にとっては何よりも大切なものだ」

ギルバートの言葉に熱は無い。怒りを露《あら》わにせず、逆に淡々と事実を突きつけるような言い方が、ビアンカの体温を奪っていった。自分は敵に回してはいけない相手に喧嘩《けんか》を売ってしまったのではないだろうか。しかし今更気付いても遅い。

「あ……」

意味の無い音がビアンカの口から漏れる。ギルバートがわざとらしく溜息《ためいき》を吐いた。

「――……レーニシュ男爵位はソフィアのものだ。春には私の元へ嫁ぐから、男爵領はそれをもってフォルスター侯爵領に併合される。従って私が、ビアンカ嬢、貴女を引き受けよう」

一歩、距離を詰められた。ビアンカは目を逸らすことができず、その姿に釘付《くぎづ》けにされている。

美しい人間というのはなんと恐ろしいものだろう。冷水を浴びたような寒気に全身を支配されて、身体が震えるのが分かる。底知れない藍の瞳に、呑《の》み込まれてしまいそうだ。

「遠い親戚に、葡萄酒作りをしながら平民として暮らすことを生き甲斐《かい》にしている者がいる。既に許可も取ってある。そこで生活して、自分を見つめ直すと良い」

ビアンカは突きつけられた言葉に、最後の抵抗をした。そのようなことを、ただ受け入れることとなどできない。

「私は……私は、男爵令嬢なのよっ⁉」

「何度も言うが、既にその身分は無い。この決定は私とソフィアだけでなく、王太子殿下も承知のことだ」

ビアンカはどうにか言い返そうとしたが、ギルバートの態度に、それ以上の言葉が何も見つからなかった。

フォルスター侯爵家の使用人達によってすぐに用意された馬車に押し込まれ、ビアンカは強制的に侯爵領の奥地へと連れていかれることになった。途中休憩こそあれ外から鍵をかけられた馬車の乗り心地は最悪で、誰にともなく悪態を吐く。

目的地は遠く、馬車の中は退屈で、普段は考えもしない、幼い頃のことばかりが思い出された。

あれはいつだっただろう。ビアンカにとって幼い頃の記憶は曖昧で、これまで振り返ろうともしてこなかった。そのつけが回ってきたのだろうか。鮮明に思い出せないことが悔しい。

多分ビアンカもソフィアも五歳か六歳くらいの頃だ。

『――ねえ。それ、そんなに面白いの？』

どこかの花畑だった。パラソルがあって、その下にソフィアがいて、何かの絵本を読んでいた。ビアンカはせっかく外にいるのに部屋にいるのと変わらない遊びをするソフィアが理解できず、親達は少し離れた場所で大人の話をしていて退屈だった。ただそれだけだった。

この頃はまだソフィアのことを、好きでも嫌いでもなかった。ただ退屈は嫌いで、誰でも良いから構ってほしかった。

『え……なあに？』

ソフィアは絵本から顔を上げて、丸い目を更に丸くして首を傾げた。聞き取られていなかったのだと理解して、ビアンカはもう一度ソフィアに問いかける。

『なにを見てるの？』

するとソフィアはぱっと笑顔になって、読んでいた本をビアンカに見せた。そこには色とりどりの絵が書かれている。勉強が嫌いなビアンカは本も嫌いだったが、その絵の美しさに目を惹《ひ》かれた。

『ご本を読んでるの。お父さまとお母さまが好きにしてて良いって言ったから。……あなたは？』

『私のお父さまとお母さまもそうよ。ねえ、そのご本、私にも見せて！』

ビアンカは無邪気に笑ってソフィアの本に触れる。ソフィアが、急に近付いた距離に驚いて肩を揺らした。それはきっと今思えばただの反射で、人見知りなソフィアが怯《おび》えただけだったのかもしれない。

しかしそのときのビアンカは、自分が否定されたかのように感じたのだ。

『あ……』

『なんで見せてくれないの？　ビアンカも見たいもんっ！』

『待って、一緒に――』

ビアンカはソフィアの制止に構わず、本を掴んで引いた。その手が、頁《ページ》だけを掴んでいたことになど気付かなかった。ソフィアも本をしっかりと掴《つか》んでいて、両方向から強い力をかけられた本は、簡単に破れてしまった。ただそれだけのことだった。

しかし破れた本を見てソフィアが泣き出して、ビアンカも想定しなかった結果に涙が出た。美しかった色とりどりの絵は、何が描かれているか分からなくなってしまった。

その事実がビアンカを、ソフィアを、より泣き虫にする。

『あらあら、どうしたの？』

『……お母さまー！』

ソフィアは、慌てて駆け寄ってきた母親に、甘えるように抱きついた。

膝をついて抱き留めた母親は破れた本を見て何があったか悟ったようで、あらまあと言いながらソフィアの頭を何度も撫でている。ソフィアの母親は走ったことで少し汗ばんでいて、履いている靴には土がついていた。膝をついたので、着ていた服も汚れてしまうだろう。

美しくないはずのそれらが、ビアンカには何故《なぜ》かとても美しく見えた。

『ビアンカ、こんなに泣いてしまって可哀想《かわいそう》に』

それからすぐにビアンカの母親もこちらへやってきた。

ビアンカは甘えられる相手がやってきたことが嬉しくて、泣き声をより大きくする。すぐに抱きつこうとして——歩み寄ってきた母親から、畳んだハンカチを差し出された。ビアンカはそのハンカチで涙を拭き、懐紙で鼻をかまされる。そうしてやっと、母親の腹辺りに顔を寄せることができた。

腰を折った母親の手が、抱き寄せるように背中に回る。

いつもと同じ良い匂いのする母親の、少し低い体温が、ビアンカを安心させた。と同時に、ビアンカはソフィアが羨ましくて仕方なかった。

ソフィアの両親とビアンカの両親は一緒に何か難しい話をしていた。なのにどうしてソフィアの母親はすぐにやってきたのか。二人ともここにやってきたはずなのに、どうしてビアンカの母親は汗をかいておらず、ソフィアの母親は汗をかきながら、拭おうとせずにいるのか。

すぐに泣く子を抱き締めたソフィアの母親と、先にビアンカの涙と鼻水を拭ったビアンカの母親。汚れた服と綺麗なドレス。比べてはいけないはずのものを比べてしまい、幼心にショックを受ける。

いつも美しく着飾っている母親がビアンカの自慢だった。しかしどうしても、ソフィアの持っているものが羨ましかった。色とりどりの絵本、汚れを厭《いと》わず抱き締める母親、本を破いたビアンカを責めないソフィアの気高さと優しさ。

そしてソフィアがアルベルトと婚約をしたと聞いたとき、ビアンカはソフィアが大嫌いになった。

ソフィアもビアンカも同じはずなのに、どうしてビアンカの欲しいものを全てソフィアが持っているのか。ビアンカだって、自分の両親の愛情は感じていた。しかしあの花畑で、確かにビアンカが味わったのは生まれて初めての敗北感だった。

ソフィアの両親が死んだと聞いたとき、やっと自分の番がやってきたと思った。『レーニシュ男爵の娘』になれば、ソフィアの幸せは自分のものになると思った。

しかしビアンカがどんなに全てを奪って追い出しても、傷付けて絶望させても、ソフィアはまたビアンカよりも幸せそうな姿で、ビアンカの前に現れる。

ソフィアのことを考えると、いつだってビアンカは美しくいられなくなる。アルベルトの隣で一番着飾っていた夜会でさえ、ソフィアには負けたと感じさせられた。

きっとソフィアはギルバートの隣で、これから更に美しくなっているのだろう。惨めさに泣きそうになるのを堪《こら》えて、ビアンカはただ、誰もいない馬車の壁を見つめていた。

◇　◇　◇

ソフィアはそれまでより更に忙しい日々を過ごしていた。

何せ、男爵領の経営を実質的に担ってきたパーシーも牢の中なのだ。これまでの領地がどうなっていたのか分からず、途方に暮れていたソフィアにとって、ギルバートが持ち帰ってきた特務部隊の資料はとても役立った。

しかしそれを見ても、ソフィアとギルバートは揃《そろ》って頭を抱えるしかなかった。

「――ソフィア。今更だが、お前の叔父は何を考えていたのだ」

「私もそう思います……」

最初に驚いたのは税金の高さだ。その額、なんとフォルスター侯爵領の税金の約二倍以上。それは確かに、カルナ豆のような少ない食料を売買するわけにはいかなくなるだろう。

ソフィアが男爵位を継いで初めにしたのは、税金の引き下げだった。まず領民達に生活の基盤を整えさせなければいけない。ソフィアの生活は、これまで通りフォルスター侯爵邸で行なっているのだ。叔父母やビアンカが贅沢《ぜいたく》のために集めていた金など、必要ない。

また、ギルバートがエルヴィンに相談したところ、ちょうど若者の育成のために手が空いていた侯爵領の家令を一人、貸してくれることになった。ソフィアだけでなく、これまで領地経営にはほとんど関わっていなかったギルバートも、その家令について共に学んでいる。それはソフィアにとってはとても心強く、エルヴィンとクリスティーナにとってもとても嬉しいことだった。

馬車はゆっくりと整備された街道を進んでいた。賑《にぎ》やかで美しい街は、多くの人が行き交っている。特に今日は街中が様々な花で飾られ、春に相応《ふさわ》しく華やかに彩られていた。

馬車が通りかかると立ち止まって手を振る人や、頭を下げてくれる人も多い。それはこの土地の領民の、領主一族への好感を表しているようで、ソフィアの心も浮き立った。

「ギルバート様。フォルスター侯爵領は、素敵なところですね」

窓から見えるだけでも、穏やかで安定した土地であることが分かる。復興途中のレーニシュ男爵領とは大違いだ。

「父と母が、よくやってくれているのだろう。……私も頑張らねば」

ギルバートは窓から外へと手を振りながらソフィアに言った。その言葉がレーニシュ男爵領のことも含んでいると分かり、ソフィアも嬉しい。

「はい。私も、ですね……っ」

「ソフィアも顔を見せてやるといい。この花は、お前を歓迎してのものだろう」

甘く笑んだギルバートに、ソフィアは頬を染めておずおずと頷いた。今日、ソフィアはギルバートとの結婚のため、フォルスター侯爵領へとやってきていた。

内側のカーテンを大きく開けて、窓から顔を覗《のぞ》かせる。ひらひらと手を振ると、わあっと外が沸き立った。

「なんだか、恥ずかしいです……」

「ソフィアはよく頑張ってくれている。胸を張って良い」

それでも歓迎されていることは素直に嬉しい。ソフィアは街を抜けるまで、腕が重くなるのも構わず、微笑みながら窓の外へと手を振り続けた。

領地のフォルスター侯爵邸は、ソフィアの予想より遥《はる》かに広く美しい庭に囲まれた、歴史を感じさせる建物だった。ソフィアとギルバートが馬車から降りて中に入ると、エルヴィンとクリスティーナが笑顔で迎えてくれる。

「お義父様、お義母様。お邪魔致します」

ソフィアは緊張しながらも笑みを浮かべ、スカートの端を摘《つま》んで淑女の礼をした。

「ソフィアちゃん。ただいま帰りました、で良いのよ。これからよろしくね！　ドレスが仕上がってきているから、先に合わせてしまいましょう」

結婚式は明日だ。ギルバートの仕事の都合から、かなり忙《せわ》しない予定になっている。

ソフィアは頷き、一度ギルバートと離れてカリーナと共に客間の一室へ向かう。

そこには先に侯爵家お抱えらしい針子が二人控えていた。抱えているのは、ソフィアのためにと仕立てられた純白のウエディングドレスだ。

「ソフィア様、お待ちしておりました。こちらをお召しいただけますか」

「──素敵です……っ」

思わず感嘆の声が出た。

上質なシルク地に繊細な刺繍《ししゅう》が春らしい花々を描き、幾重にも重ねられたシフォンがふわりと広がっている。長いトレーンにも刺繍が入れられ、ところどころにパールが縫いつけられている。打ち合わせで何度か話はしていたけれど、完成した実物を見るのは初めてだった。ソフィアの見たデザイン図よりも、装飾が増えているような気がする。

カリーナと針子達の手伝いで最後の調整を終え、ソフィアは別に用意されていた服に着替えた。控えめな装飾が愛らしい、清楚《せいそ》な印象のワンピースドレスだ。

「ギルバート様達もお待たせしているでしょうし、戻らないと」

「そうよ。ソフィアのドレス姿は当日まで見せないって、大奥様が仰ってたもの。ギルバート様だって、きっと明日は見惚《みと》れちゃうに決まってるわ！」

「もう、カリーナったら」

ソフィアも楽しくなってくすくすと笑い、メイドの案内でサルーンへと戻ることにした。

そのときだった。穏やかな場に似つかわしくない大きな声が聞こえてきたのは。

「お願い致します！　一日だけで良いのです。ソフィアに──ソフィアに会わせてください！」

「そんなことを言われても、ソフィアちゃんは明日には我が家のお嫁さんなのよ。貴方はわざわざ、あの子を悲しませに来たの？」

「それは……」

クリスティーナの凛《りん》とした声が響いた。返事に詰まった男の声に、ギルバートの声が重なる。

「母上、この者はそこまで考えておりません。……やっと自分で確かめるべきだと学んだか」

その不穏な空気にどきりとして、ソフィアはカリーナを置いて駆け足でサルーンに飛び込んだ。そこにいたのは、声で予想していた通りの、できればもう二度と会いたくなかった人物だ。

「……アルベルト様」

ソフィアの声に、それまで深く頭を下げていたアルベルトがはっと顔を上げる。ギルバートとクリスティーナが、気まずそうにソフィアを見ていた。

しかしアルベルトはそんなことには構わず、ソフィアに詰め寄ってくる。瞳は不安げに揺れているようで、いつ暴走してもおかしくないほどの必死さがあった。

ソフィアはその強引さが恐ろしくて、思わず少し後退《あとずさ》る。

「ソフィア！　教えてくれ。私は、私は間違っていたのか？　君は私の贈り物や手紙を……捨てていなかったのか⁉」

鬼気迫るその表情は、何かを探るようだ。

しかしアルベルトが何のことを言っているのか、ソフィアは理解できない。ただ明るく優しい印象だったアルベルトが、ソフィアの知らない人になってしまったようで、違和感がある。その張り詰めた空気に、息を呑んだ。

すぐにギルバートがソフィアに駆け寄って、支えるように腰に手を添える。その何気ない仕草から、ソフィアはまた勇気を貰う。

婚約破棄の日から今日まで、ソフィアはアルベルトと向き合うことをしていなかった。もしかしたら、それよりもずっと前から。

「よろしければ教えてください。その……贈り物や手紙というのは、何のお話でしょうか？　私はいただいた物を捨てるような人間ではないつもりです」

背筋を伸ばす。アルベルトが言っていることは、ソフィアには何一つ心当たりの無いことだった。何故そのような誤解をしていたのか。予想はできるが、何を言っても既に終わったことだ。

話さなければ分からない。その言葉が、今はとても重い。

「そう……か」

アルベルトの中では何かに片がついたのか、肩の力が抜けたようだった。ソフィアの質問には答えず、一人、深く嘆息する。

「ソフィア。これまで、本当に申し訳なかった。何か私にできることは無いだろうか。今からでも償えるならば、私はソフィアを――」

アルベルトが縋《すが》るような顔でソフィアを見る。

ソフィアが口を開くよりも早く、ギルバートが厳しい目を向けてくれた。

「アルベルト殿。ソフィアの名を呼ぶのは、止めてもらおう。貴殿は……私のソフィアと、特別な関係ではないのだから」

ソフィアはギルバートが怒ってくれたことが嬉しくて、こんな場面にも拘《かかわ》らず自然と笑みが浮かんでしまいそうになった。

ギルバートのものだと言葉にされたことが、ソフィアの中で揺るがない自信になる。ギルバートと結婚を決めて良かったと、これまでのことは何一つ無駄ではなかったのだと、心からそう思った。

「アルベルト様。私は貴方に、何かを償ってもらいたいとは思っていません」

ソフィアは目線を下げて暫《しば》し考える。思い出すのは、無邪気だった子供の頃だ。あの頃のソフィアは、アルベルトを運命の王子様だと信じて疑わなかった。

それでもきっと、こうなったのも運命なのだろう。辛いことは多かったが、結果としてギルバートに出会えたのだ。ギルバートこそが、ソフィアを救い、支え、愛してくれた。

ギルバートの腕の感触を確かに感じながら、ソフィアはアルベルトをまっすぐに見据えた。

「――どうか、お元気で。次にお会いするときには、フォルスター侯爵夫人と呼んでほしいです」

ソフィアは淡く微笑んだ。

まるで、空気の流れが止まったかのようだった。ギルバートが驚いたように目を見開き、クリスティーナが楽しそうに微笑んでいる。

アルベルトは予想外のことに対応できていないのか、目だけでなく口まで丸く開いていた。

しかしやっと理解したようで、アルベルトは背筋を伸ばし、深く頭を下げた。

「そう……か。すまなかった。どうか、幸せに」

アルベルトはそれだけ言い残し、フォルスター侯爵邸を出て行った。

招かれざる客がいなくなり、やっと穏やかな普段通りであろう空気を取り戻したサルーンで、誰もがほっと息を吐く。ソフィアもやっと肩の力を抜いた。

クリスティーナが、くすくすと笑う。

ソフィアはすぐ近くにいるギルバートを見上げた。

「ギルバート様、ご迷惑をおかけしまし──!?」

次の瞬間ギルバートに強く抱き締められ、ソフィアは息を呑んだ。クリスティーナの笑い声が少し大きくなる。それでもぎゅうぎゅうと締めつけてくる腕は、ソフィアを逃がしてくれなかった。

「ソフィア、ありがとう」

耳元で告げられた言葉は、腕の力と反してとても静かで優しい。ソフィアもゆっくりと腕を背に回して、目を閉じた。ギルバートの抱き締める力が少し弱まって、とても心地良い。

ソフィアはクリスティーナに声をかけられるまで、周りのことなどすっかり忘れて、一番幸福な場所を満喫したのだった。

エピローグ

抜けるような晴天だった。

青々と澄んでいて、まるで空までもソフィアとギルバートを祝福してくれているようだ。

視線を向けると、広々とした丘には空とよく似た色の青い星のような形の小花が、まるで絨毯《じゅうたん》のように一面に咲き誇っている。ギルバートがソフィアに見せたいと言ってくれた景色だ。

下ろしたヴェールを少し持ち上げて見ると、空と地面が繋《つな》がってその間に立っているような錯覚に陥るほど、視界一面が青の世界だった。

教会の入り口に繋がる道にだけ深紅の絨毯が敷かれており、ソフィアはそこをゆっくりと歩く。

可愛《かわい》らしい印象の小さな教会は、上位貴族である侯爵の結婚式にはあまり似つかわしくない。披露宴は社交シーズンに王都で行うことになると聞いていたが、この式は、ソフィアを思い遣《や》ってくれてのものだった。

「――ギルバート様、お待たせしました」

ソフィアは純白の長いトレーンを引きながら、教会の入り口に立った。

ギルバートは先に待っていて、やはり白い服を着ている。まるでお伽《とぎ》話の王子様のような出《い》で立ちだ。一歩ずつ歩いてくるソフィアから、ギルバートは目を逸《そ》らせないでいる。

「ソフィア、……とても綺麗《きれい》だ。このまま閉じ込めてしまいたいほどに」

純白のウエディングドレスは、ソフィアの白い肌を美しく包んでいた。日の光が当たるとパールが上品な輝きを放ち、その姿をより神聖なもののように見せている。白と青を基調としたブーケも可愛らしい。

ソフィアはあまりに率直な言葉に、恥ずかしくて頬を染めた。

「直前になってすまない。式の前に、これをつけてほしい」

ギルバートがポケットからハンカチの小さな包みを取り出し、手の平の上で広げた。

そこには揃《そろ》いのデザインの、首飾りと耳飾りと、指輪が並んでいる。見覚えのある大粒の透明な石が、それぞれに飾られていた。

「どうして……？」

それは証拠品として保管されているはずの、ソフィアの母の形見だった。

「証拠品はこのまま騎士団で保管されるが、石は魔道具の機能に関わりがない。作り直した物だが、受け取ってくれるだろうか」

記憶装置としての機能は、その金属部分に彫り込まれていた。

ギルバートはダイヤモンドを取り外して証拠品としての機能が失われることがないか、専門の部署に掛け合って確認していたのだ。

首飾りは映像を、耳飾りは音声を記録し、指輪は記録機能を使うスイッチの役割があった。上書きは記録した本人にしかできないようで、ソフィアの母が死んでしまった今となっては、証拠を消すことは誰にもできない。

だからこそソフィアの叔父母はいつか高価な石だけを取り外すことができると期待し、捨てずに保管していたのだろう。魔道具の中には回路を不用意に破壊すると危険な物もある。証拠として残っていたのは必然だった。

元々のデザインよりも少し今風の意匠に作り直されたそれらだが、石の輝きは変わっていない。

「ありがとう、ございます……っ」

唯一の形見だったそれを、ソフィアはすっかり諦めていた。ギルバートは気付いていてくれたのだ。

幸せで勝手に溢《あふ》れてくる涙を、ギルバートの手がこれまでにないくらいにそうっと拭ってくれる。

「これから式なのに、今泣いてしまっては勿体ないだろう」

ギルバートはドレスを踏まないように足元を気にしながら、ヴェールの隙間から手を差し入れ、首飾りと耳飾りをソフィアにつけてくれた。

それまで宝飾品が無く軽かった首に、確かな重さを感じる。

「指輪は……今はこちらに」

ギルバートがソフィアの右手を持ち、肘までの手袋をするりと抜き取った。直接感じる肌の感触にどきりと胸が高鳴る。

そのまま薬指に指輪を填《は》めて、手袋が戻された。少し凹凸はできたが、見た目にはあまり変化がない。

「あの……？」

「左手は、この後までとっておけ」

その言葉の意味を正しく理解し、ソフィアは顔を赤くして頷《うなず》いた。

教会の正面扉が開き、ソフィアはギルバートの腕に手をかける。共に入場しようと提案してくれたのはギルバートだった。

一歩ずつ進むにつれて思い出すのは、これまでに過ごした日々だ。

何度も悩んで何度も泣いて、その度に支えてくれたのはギルバートだった。フォルスター侯爵家の親族と、今日だけはソフィアの友人として出席しているカリーナしか参列していない式は、とても暖かい空間で、ソフィアの頬も自然と緩む。

誓約書に署名し、この日のために用意された指輪に永遠の愛を誓った。ソフィアの左手の薬指で、ギルバートの手で填められた指輪が輝いている。

ソフィアも慣れない手付きでギルバートの左手を取り、おずおずとその薬指に指輪を通した。節のところで引っかかり、思い切ってぎゅっと押し込んだそれは、ソフィアのものと揃いのデザインだ。

「ありがとう」

ギルバートの甘い微笑《ほほえ》みに、ソフィアも同じように返す。

神父の合図で、向き合ったギルバートの手がヴェールの端にかけられた。

ソフィアが少し俯《うつむ》いて膝を曲げると、薄布はするりと背中側に落ちていく。何も隔てずに見た景色は鮮やかな幸福の色で満ちていて、ギルバートの藍色の瞳がまっすぐにソフィアを見つめていた。

「ギルバート様」

「ソフィア」

「私……これからもずっと、ギルバート様をお慕いしております」

「ああ、私もだ。愛している」

肩にそっとギルバートの手が添えられる。

ゆっくりと近付く顔に、ソフィアは目を閉じた。触れた唇の柔らかさを静かに感じる。それは神聖なものであり、ギルバートらしい愛の形のようにも思えた。

式を終えて外に出ると、青い絨毯のような花畑の外側には多くの人がいるようだった。ソフィアとギルバートの姿を一目見ようと、領民達が集まっているのだ。賑《にぎ》やかな声は、ここまで届いている。

「ギルバート様。私……とても幸せです」

その景色はあまりに美しく、ソフィアの目が潤んだ。

今度はギルバートもそれを拭うことはしなかった。

「もう少し、近くへ行っても良いでしょうか？」

「ああ、せっかくだ。私もそうしたいと思っていた」

絨毯の上を歩いていくと、その先に人混みができていく。皆が笑顔だった。

ソフィアは恥ずかしくも嬉《うれ》しく、人混みの前で立ち止まると、恥じらいを捨て、らしくもなく目一杯大きな声を上げた。はしたないかもしれないが、今だけは許してほしい。

「いち、にー……さんっ！」

ぽんと高くブーケを人混みへと投げ込む。

わあっと盛り上がり、何度か飛び跳ねたそれは、一人の若い娘の手に渡ったようだ。今にも泣き出してしまいそうな彼女の表情に、ソフィアはギルバートの横で軽やかな笑い声を上げる。

幸せだった。

「──ソフィア」

不意に名を呼ばれ、ドレスを気にしながら振り返る。するとすぐにギルバートの腕が、胸の中にソフィアを閉じ込めた。

「ギルバート様……っ」

多くの人に見られているにも拘らずこんなことをするギルバートに、ソフィアは驚きを隠せない。

身体《からだ》がそのまま心臓になってしまったようで、どきどきと煩《うるさ》い。

「今日は良いだろう、領民達の前だ。……これからの私達と、皆の幸福を誓って」

わあっという歓声と、黄色い声が聞こえた。ソフィアの唇に触れるだけの軽い口付けが降ってくる。

何度も繰り返されるその感触に酔いしれ、ソフィアは幸福を噛《か》み締めるようにギルバートの背に腕を回した。

それはいつまでも終わることのない幸せな時間を予感させる。

たくさんの幸福な声が、青に吸い込まれて溶けていった。

その手をとって

目を覚ますと、柔らかな毛布に包《くる》まっていた。ふわふわとした質感が心地良い。寝台はソフィアの身体《からだ》を優しく、しかししっかりと支えてくれている。何より、まだ冷える朝も、人肌が側《そば》にあると更に温かいものだ。

そう、人肌が――。

「――……っ!?」

ソフィアは両手を握り締めて叫ぶのを堪《こら》えた。ゆっくりと深呼吸を繰り返して、心を落ち着かせようと試みる。しかしその温《ぬく》もりは、夢と現《うつつ》の境目から一気に覚醒した意識を、隣にいる人物へと強制的に向けさせる。

フォルスター侯爵家の領地でギルバートと結婚式を挙げたのが、一昨日のこと。寝室が一緒になるのは二日目だが、起きて最初に目に止まるのが夜着姿のギルバートの胸板というのは、やはり心臓に悪いものだ。

ソフィアはギルバートを起こさないように、そっと顔を上向ける。胸元、首と視線を動かし、やっと見慣れた、相変わらず一部の隙もない美しい顔に行き着いた。規則正しい寝息をたてているギルバートは無防備で、いつもよりも少し幼く見える。それがソフィアに対して心を許してくれていることの証拠であるような気がして、嬉《うれ》しく思った。

しばらくそうして幸せに浸っていると、眠っているはずのギルバートが、くつくつと喉の奥で笑いを殺したような音を立てた。ソフィアは慌ててギルバートの胸に両手を突っ張り距離を取ろうとする。

ギルバートがそれを拒むように、ソフィアの背に回している腕に力を込めた。

ぱちり、と長い睫毛《まつげ》に囲まれた目が開き、藍晶石によく似た、透き通る藍色の瞳が覗《のぞ》く。悪戯《いたずら》な色を湛《たた》えているのが悔しい。

「ギ……ルバート様。起きていらっしゃったのですか」

「おはよう、ソフィア」

「おはようございます……」

恥ずかしさから頬を染めると、ギルバートはソフィアをあやすように一度ぽんと頭を撫《な》で、天蓋を掻《か》き分けて寝台から出た。ソフィアは薄布越しにその背中を見ながら身体を起こし、さっきギルバートに触れられた頭に手をやる。寝乱れた髪を手櫛《てぐし》で軽く整える自身の指が、ギルバートの手の感覚を刻みつけていくような気がした。

「私は先に下へ行く。ソフィアは支度を整えてから食堂に来ると良い」

天蓋の向こう側で簡単に着替えを終えたギルバートが、剣を持って部屋を出て行った。ギルバートは、毎朝自主訓練を欠かさない。それは仕事の日も、休日も同じだ。毎日の習慣なのだろう。挙式の日の朝も例に漏れず剣を持って庭に出ていた。

「奥様、おはようございます……なんてね」

「カリーナっ」

ギルバートと入れ替わりに、カリーナが部屋に入ってきた。その手には湯を張った桶《おけ》とタオルがある。一昨日『奥様』になったばかりのソフィアにしてみれば、その呼び方にはまだ慣れない。カリーナも分かって言っているのだろう、言葉に笑いが忍んでいた。

「おはよう、ソフィア。天蓋開けて良い？」

「おはよう。うん、大丈夫」

返事を聞いたカリーナが、サイドテーブルに桶とタオルを置いてから、天蓋の布を柱に括《くく》りつけていく。ソフィアは桶の湯を使って顔を洗って、タオルで拭いた。それだけでさっきまで高鳴っていた心臓も落ち着きを取り戻してくれる。

「今日は出掛けるって聞いてるけど、お忍びじゃないのよね？」

「うん。海と街に行くって聞いてるけど……」

フォルスター侯爵領の中でも、ここ、イーノは豊かな土地だ。結婚式を挙げた教会は観光名所らしい。他にも資源が豊富な海があり、海産物や工芸品、宝飾品は王都でも人気がある。農業は内陸部で自領分のみの生産だが、それを補っても余りあるほどの富が生まれる土地だと、ハンスが教えてくれた。

「じゃあ、準備しちゃいましょう」

カリーナはそう言って、部屋のクローゼットを開けた。そこには今回の旅のために持ち込んだ量以上の服が掛かっている。クリスティーナがソフィアに似合いそうだからと買ってくれていたらしい。初日、恐縮して受け取れないと首を振ったソフィアに、クリスティーナは笑って、選ぶのも楽しかったから使ってほしいと言ってくれた。

ソフィアは寝台を降りて、クローゼットとにらめっこしているカリーナの横に立った。ソフィアが着慣れた紺や灰色の服はあまり無く、どちらかというと可愛《かわい》らしいレモン色や水色、鮮やかな青や臙《えん》脂《じ》色などの服が多い。どう合わせて良いか分からず、ソフィア一人では途方に暮れるばかりだ。

「ソフィアは気になる服、あった？」

カリーナがきらきらと眩《まぶ》しい笑顔でソフィアに問いかける。ソフィアは眉を下げ、首を傾《かし》げた。

「素敵な服なのは分かるんだけど……私には、どれが良いのか選べないわ」

「そう？　せっかく戴《いただ》いたんだし、もっと楽しめば良いのに。まだ難しいかしらね。じゃあ、今日の服は……そうね。暖かくなるらしいし、これでどう？」

ハンガーごとソフィアにあてて、カリーナが首を傾げる。それは爽やかな若葉色のワンピースドレスだった。首元は詰まっていて清楚《せいそ》な印象なのに、デコルテの部分はレースで覆われていて、少し大人っぽくも見える。

「これ、揃《そろ》いのリボンの髪飾りもあるのよ」

それは侯爵夫人が着るに相応《ふさわ》しい、普段着ながらも華やかな衣装だった。

「似合うかしら……？」

ソフィアはつい俯《うつむ》いてしまった。今回の外出はお忍びではない。結婚式でソフィアの姿は領民達に披露しているのだから、当主と当主夫人として、領内を見て回るのだ。

たとえデートであったとしても、この場所で行うそれは特別な意味がある。そのことに気付かず無邪気にいられるほど、ソフィアは子供では無かった。

ソフィアにとってこの服を着てギルバートの隣を歩く自信は、実のところまだ無い。ただでさえソフィアには魔力も後ろ盾となる実家も無く、それどころか叔父母は犯罪者となってしまっているのだ。今のソフィアのありのままでフォルスター侯爵家の当主夫人として受け入れられるなんて、楽観的なことは、考えられなかった。

勿論《もちろん》、ギルバートが今のままのソフィアでも大切にしてくれていることは、疑うまでもなく理解している。触れる手から、数少ない言葉から、いつも伝えてくれている。しかしそれとこれとは別の話なのだ。

ギルバートとエルヴィンが、そしてこれまでの当主達が築き上げてきた一族への信頼があるからこそ、ソフィアは領民達から好意的に受け入れられたのだ。それに恥じないようにもっと頑張らなければいけない。その思いは、この土地に来てより大きくなった。

「大丈夫よ。絶対似合うから！」

カリーナがソフィアの不安を知ってか知らずか、ドレスをくるりと回して笑う。背中側にリボンがあしらわれたそれはひらりと揺れて、とても素敵だった。ソフィアは内心で大きな覚悟をして頷《うなず》く。

「カリーナがそこまで言ってくれるなら……これにするわ」

「やった！　早速着替えましょ」

カリーナは嬉しそうに、揃いだという髪飾りと、色を合わせた靴とショールを取り出してからクローゼットを閉めた。ソフィアは手伝ってもらって、ワンピースを身につけていく。

外出着らしい少し控えめなペチコートでスカート部分を膨らませ、背中の釦《ボタン》を留める。鏡台の前で化粧をして、髪飾りで一部を編み込んだ髪を纏《まと》めた。最後に柔らかなショールを肩から掛けると、鏡の中にいるのは可愛らしい貴族の若奥様だ。

「うん、イメージ通り！」

カリーナが満足げに微笑《ほほえ》んでいる。ソフィアはまじまじと鏡を覗き込んだ。

「なんだか不思議な感じ」

今のソフィアはどこから見ても、一度は男爵家を追い出され、侯爵家で使用人をしていたようには見えない。王都の商業地区でも、ギルバートの隣でも、問題無く馴染《なじ》むだろう。それがまた、ソフィアを不安にさせる。

「ちゃんと似合ってるんだから、自信持って。似合うってことは、服に負けてないってことよ。ソフィアはちゃんと服と釣り合ってるわ。勿論、旦那様ともね」

これまで未婚の当主であったギルバートは使用人から名前で呼ばれていた。旦那様と呼ばれるようになったのは、ソフィアが奥様と呼ばれるようになったのと同じ、二日前からだ。それもまた、ソフィアの緊張を高める理由になってしまっていた。

ソフィアはカリーナの優しさを素直に受け入れられず、困ったように笑った。

「う……うん。ありがとう」

「そろそろ食堂に行きましょ。旦那様ももうすぐ戻っていらっしゃると思うわ」

ソフィアが食堂に行くと、エルヴィンとクリスティーナが先に食事を始めていた。

この邸《やしき》では、夜はできるだけ皆が揃って食事をするが、朝と昼はそれぞれのタイミングで構わないと聞いている。

「おはよう、ソフィアちゃん」

「ああ、おはよう」

クリスティーナとエルヴィンがソフィアの方を見て会話を止め、笑顔を向けてくる。ソフィアは扉を抜けたところで足を止めて一礼した。両手はスカートを軽く摘《つま》んでいる。

「おはようございます……っ」

朝からギルバートとよく似た綺麗《きれい》な顔——というよりも、義理の両親と会うのはまだ緊張する。二人が良い人だということは既に知っている。ソフィアを良く思ってくれていることも。それでも、どうしても肩に力が入ってしまうのだ。これはそのうちに慣れるものなのだろうか。

「やだ、そんなに緊張しないで。もう家族なんだから」

クリスティーナが笑う。家族の挨拶というのはどういったものなのか、ソフィアはすぐには思い出せなかった。しかし少なくとも、今の自分のように畏まってするものではないことだけは分かる。

「ありがとうございます。おはようございます、お義父《とう》様、お義母《かあ》様」

ソフィアは言い直し、今度は微笑んで軽く頭を下げるだけに留《とど》めた。どうやらそれで正解だったようで、二人とも頷いて食事を再開している。

「こっちにいらっしゃい。一緒に食べよう」

エルヴィンがそう言うと、食堂の端にいた使用人が向かい側の席の椅子を引いた。

「はい……」

ソフィアがその席へと一歩を踏み出そうとしたとき、背後から肩が軽く引かれた。振り返ると、ギルバートが怪訝《けげん》な顔でソフィアを見下ろしている。

「ギルバート様、お疲れ様です」

「ああ。……何をしている？」

今ここに来たギルバートにとっては、ソフィアが入り口でいつまでも立っていたように見えるだろう。ソフィアはそのことに気付き、慌てて脇に避《よ》けた。

「ごめんなさい」

「いや、お前が避けることはないだろう。これから朝食だな？」

ソフィアが返事をするよりも早く、ギルバートはソフィアの右手を掴《つか》んで引いた。いつもよりも少し強引なエスコートは、ぼうっとしていたソフィアに呆《あき》れているからだろうか。そう思うと、少し胸が痛い。

「ギルバート、おはよう」

「おはようございます、父上。母上も」

「ええ、おはよう。朝から仲良しで良いわねー！」

「揶揄《からか》わないでください」

クリスティーナの言葉を、ギルバートはばっさりと切って捨てる。しかしソフィアの頬は、途端に赤く染まってしまった。

◇◇◇

ギルバートはソフィアを伴って馬車に乗り込んだ。今日の目的地は、海と港、そしてその周囲に広がる港町だ。ソフィアは海を見たことが無いと言っていたから、驚かせたいと思っていた。

イーノはフォルスター侯爵領の中でも重要な土地だ。港では交易が盛んに行われており、同時に海から採れる良質な貝によって作られるカメオも有名だ。イーノで作られたカメオは、王都でも、他国でも人気がある。また豊かなこの土地は、領地の中でも特に侯爵家への信が厚いことも特徴だ。

そんな場所だからこそ、最初にソフィアを自身の妻として連れてきたいと思った。美しく、活気がある領地に受け入れられることで、ソフィアの自信に繋《つな》がれば良いと考えたのだ。

しかし目の前のソフィアは、どうにも元気が無いように見える。

「ソフィア、大丈夫か」

「はい、お気遣いありがとうございます」

問いかけても、ソフィアは曖昧に微笑むばかりだ。しかし作られた笑顔に騙《だま》されるほど、ギルバートはソフィアに無関心ではない。

何か憂いがあるのならば取り除いてやりたかった。

「私の仕事の都合で、お前には無理をさせてしまっている。本来ならば、このまま新婚旅行など行くところだが」

ギルバートが結婚するにあたって貰《もら》えた休日は五日間だった。充分休んでいるようにも思えるが、通常結婚するとなればそのまま領地を回り、新婚旅行に行き——以前部下が結婚したときには一ヶ月の特別休暇を取っていた。

となれば、初日に移動、二日目に挙式、翌日に休息を取って、四日目である今日を迎えている今の状況は、かなり予定を詰めていると言える。しかも明日の朝にはここを発《た》つのだから、休む間も無い。

「いいえ、私は大丈夫です。ギルバート様はお忙しいのに、こうして一緒に外出できて……その。嬉しいです、よ?」

上目遣いにおずおずと言う姿が可愛らしく、ギルバートはソフィアの手を握った。ソフィアは一瞬身体を強張《こわば》らせたが、次の瞬間には安心したように表情を和らげている。ギルバートはソフィアの手を握ることが好きで安心できるが、もしかしたらソフィアもそうなのかもしれない。少しでも、陰った心が明るくなれば良い。

「私も嬉しい。妻を連れて堂々と領内を歩けるのだから」

嬉しくないはずがなかった。やっと手を取ることを決めた最愛の妻を、領民に披露して以来初めての外出だ。

何より、今日のソフィアはとても可愛かった。侍女としてつけたカリーナの手腕は認めているが、今日の装いは特に大人らしく、それでいて愛らしい。クリスティーナが買っていてくれたという服のお陰でもあるのだろう、今日はこれまでよりも華やかだ。この華やかさがギルバートの妻になったからこそのものだと思うと、それもまた誇らしい。

「それに、今日の服装もとても似合っている。涼しげで、愛らしいと思う」

そういえばまだ言っていなかった。ギルバートはそう思い、率直な感想を口にした。

「——本当に似合っていますかっ？」

ソフィアは急に必死な顔でギルバートの手を握り返してくる。

その手は縋《すが》るようで、瞳には不安の色が浮かんでいる。ギルバートは驚いた。まさか、ソフィアの憂いの原因の一端は、この服装にあるのか。

「似合っている。今日のために選んでくれたのだろう、ありがとう」

ギルバートはしっかりと頷いて笑いかけた。すると、ソフィアはやっと照れたような柔らかな笑みを浮かべてくれる。

それから、淡く染まっている頬を誤魔化すように、ソフィアは話題を変えた。

「そういえば、今日はこれから海に行くのですよね。海って、どのようなところなのでしょうか？」

「海か……気になるのか？」

ギルバートにとっては馴染み深いものの一つだ。それどころか最近では、商売においても戦においても重要な要素になるもの、という認識である。

「はい。レーニシュ男爵領は、海がありませんでしたから」

フォルスター侯爵家はここ以外にも飛び地のように複数の領地を持っている。しかしそれは先代までの功績が主な理由であって、同じ貴族でも男爵では治めている領地の数も面積も異なるのは当然だった。

ギルバートはソフィアに、正しく海が何かを伝えようとした。

「そうか。海は、大きな……」

どう表現したものだろう。しばし逡巡《しゅんじゅん》し、ギルバートは口を開いた。

「水溜《たま》りだ」

「水溜り、ですか」

ソフィアは大きな目をぱちぱちと瞬《まばた》かせた。

「ああ」

ギルバートが肯定すると、会話はそこで途切れてしまった。

やはり今日のソフィアは元気が無い。思い返せば今朝の食事のときから、どこか不安そうにしていたようにも思う。ギルバートはソフィアの手を握ったまま、窓の外に目を向け、その憂いの原因を考え始めた。

◇　◇　◇

フォルスター侯爵家の嫁という立場は、この服は、ギルバートの隣は、自分に相応しいのか――その不安は、馬車の中でも頭から消えてくれなかった。口にすれば悲しませてしまう気がして、探るような目のギルバートにも何も言えずにいる。

しかしそんなもやもやとした感情も、馬車を降りた先に広がっていた景色を見た瞬間に、心の奥に引っ込んでしまった。

「わあ……っ。これが海ですか？」

「そうだ。ソフィアは初めてだと言っていたな」

「はい。大きな水溜りだなんて、とんでもないです！」

ソフィアは珍しく、馬車の中でのギルバートの表現を否定した。

足元には、太陽の光を反射する砂浜。その先には一面に広がる美しい碧《あお》がある。揺らぎ、波打ち、まるで一級品の宝石のように輝くそれは、水平線の向こうで空の青と溶けて混ざって、ソフィアの頭上まで繋がっている。浮かぶ雲の白さまでもが、青を引き立てるためだけにそこにあった。

レーニシュ男爵領で生まれ育ったソフィアにとって、海は本の中にだけある想像上のものでしかなかった。初めて見た海は、想像よりもとても雄大で、幻想的だ。

ギルバートが大きな水溜りだと言ったことが信じられない。間違ってはいないが、充分に表現できていたとも言い難い。

「ふ……っ、感動したのなら良かった。もっと近付いてみるか？」

ギルバートが笑いを噛《か》み殺したように言う。少しはしゃぎ過ぎてしまっただろうか。ソフィアは落ち着こうと一度深呼吸をして、しかし上手《うま》くいかないままに頷いた。

「はい、よろしいのですかっ？」

「当然だ」

ギルバートはソフィアの手を引いて、砂浜へと足を踏み出した。

初めて歩く砂の上は、不思議な感覚だった。一歩踏みしめる度に、ぎゅっと小さな音が鳴る。ギルバートに聞いてみると、それは砂の粒子が擦《こす》れ合うことで発生する音だと言う。そして、さらさらとした砂はソフィアの足に纏わりつきながら絡まる。その鬱陶しさすらも真新しく、先に進むのが楽しい。

波打ち際で寄せては返す波を見てみると、水が砂や貝殻を運んでいるのが分かる。その中に、可愛らしい薄桃色を見つけたような気がして、ソフィアはしゃがみ込んだ。

「――ギルバート様」

「何だ？」

「これを見てください。とても綺麗です」

その貝殻は、光に透けるほど薄く儚《はかな》い。ソフィアはそれを数枚拾い上げて立ち上がると、ギルバートに見せた。

「ああ、それか。……子供の頃、私もよく拾って遊んだ」

ギルバートは過去を懐かしむようにソフィアの手元を見ている。ギルバートにもそんな可愛らしい幼少期があったのか、そんな当たり前のことを、ソフィアはふと思った。

見てみたい。冬に上着も着ないで魔法で気温を調節しハンスに叱られたと言うやんちゃなギルバートも、浜辺で貝殻を拾って遊ぶギルバートも、今のしっかりとした姿からは全く想像できなかった。

「ギルバート様も、そのような遊びをしたのですね」

ソフィアがぽつりと言うと、ギルバートは心外だとでもいうように片眉を上げ、屈《かが》んで別の黒い貝殻を拾い上げた。

「私にも子供の頃はある。懐かしいな、お前も見るか」

「え？　何を──」

ソフィアが返事をするより早く、ギルバートは拾った貝殻を軽く投げ、そこに向かって自身の右手を翳《かざ》した。

瞬間、貝殻はその場から消え、周囲がぱあっと強く光る。突然の眩しさにぎゅっと閉じた目をゆっくりと開けると、ソフィアの周囲にはきらきらと輝く結晶が漂っていた。それはなかなか地面に落ちずに、まるで不安定な星のようにふわふわと何も無い空間に浮かんでいる。

「綺麗……」

ソフィアはほうと息を吐いた。今は昼間なのに、その輝きはいつか二人で侯爵邸の屋上で見た星空を思い出させる。まだソフィアが使用人で、ギルバートと初めて二人で外出した日のことだった。あの日、ソフィアはギルバートと向き合いたいと強く願ったのだ。

見惚《みと》れているソフィアを満足げに見つめながら、ギルバートが話し始めた。

「貝殻を一度塵にして、それを燃焼させているのだが……貝自身が保有する魔力の影響で、こうして火が消えた後も長時間輝き続けるようだ。貝の種類によって光り方が違って、それを比べるのが楽しかったな」

ギルバートが何でも無いことのように言う。

「すごいですね。では、この貝殻でもできるのでしょうか？」

ソフィアが差し出した薄桃色の貝殻を見て、ギルバートが頷いた。そして、同じように魔法を使う。

「わ、可愛い……っ」

先程の色とは異なり、今度は淡い水色に輝く結晶がひらひらと舞うように漂った。まだ見慣れない魔法で作られた特別な景色に、ソフィアは夢中で見入った。

だから、ざん、と大きな音がしたとき、気付くのが遅れてしまったのだ。急に大きくなった波が、それまでは濡《ぬ》れていなかった砂までも取り込もうと速度を上げてソフィアの元に迫ってくる。このままでは、足首の上まで海水に濡れてしまうだろう。

そう思って目を瞑《つぶ》ると、ギルバートから強く手を引かれた。そのまま、庇《かば》うように胸元に引き寄せられる。

「――何とも無いか？」

顔を上げると、すぐ近くにギルバートの顔があった。ソフィアは急に近付いた距離に驚き、目を見張る。二人を守るように包み込んでいる薄い膜のようなものは、おそらく防御魔法なのだろう。

気付いた瞬間、ソフィアはこみ上げる笑いを抑えることができなかった。

「ふ……ふふ……っ、濡れないように防御魔法を使うなんて……そんな」

本来、この防御魔法は戦闘時に使うものだ。それを当然のように、ギルバートはソフィアが濡れないようにするためだけに使ったのだ。ソフィアの髪を乾かしてくれるときも、二人で星を見たときも、貝殻を輝かせたときも、ギルバートは魔法を何でもない日常の用途に使う。

魔力を持つのは当然でも、魔法を使うのには才能と訓練がいる。そのため、力が強い者ほど軍や医療現場、研究機関等に身を置くことが多いのだ。人であれ、魔獣であれ、自然災害であれ、命が逼迫《ひっぱく》した状況で鍵となるのが魔法だからだ。

ある意味では物騒な、おそらくギルバートは仕事でそうした使い方をしているのであろう魔法というものを、ソフィアのためにこんなにも優しい用途で使ってくれることに安心し、同時にとても幸せな気持ちになる。ソフィアが笑ってしまうのも、仕方がないことだろう。

「可笑《おか》しいか？」

怪訝な顔をしたギルバートに、ソフィアは力強く首を振った。

「いいえ。私は……素敵、だと思います」

「そうか」

ギルバートは小さく嘆息し、ソフィアの右手を握り直した。

「このまま港の方に行って、少し仕事をする。すまないが付き合ってくれ」

ソフィアとギルバートはまた馬車に揺られ、今度は港町へと移動した。そこは先程までいた静かな海とは違い、王都にも負けないくらい多くの人で賑《にぎ》わっている。

馬車を停めた場所の左右には赤茶色の煉瓦《れんが》でできた倉庫があり、その前に屋台が並んでいる。屋台では店員が威勢の良い声で道行く人を呼び止めている。その店頭には、見たこともない野菜や果物、新鮮な魚が並んでいた。

すれ違う人々が、美しい領主であるギルバートと共にいるソフィアを、ちらちらと見ているのが分かる。今回はお忍びでの外出ではなく、ソフィアもギルバートも、貴族として相応しい外出着を着ていた。だからこそ、周囲の人々の視線がより集まる。

「ここで扱っているのは、輸入品とこの海で獲れた魚だ。奥の会議室で、港の責任者に会う約束をしている」

「私もご一緒してよろしいのですか？」

ソフィアは一度立ち止まって問いかけた。繋いだままのギルバートの手が少しソフィアの方に引き戻される。躊躇《ちゅうちょ》するソフィアの手を、ギルバートは当然とばかりに引いた。

「仕事とはいえ、領地のことだ。ソフィアの紹介もしたいから、共に来てほしい」

「分かりました……」

強く言われてしまえば、ソフィアは頷くしかない。

忘れていたはずの不安が、また顔を覗かせる。一昨日の結婚式には、二人に好意的な者しか集まらなかっただろう。だからこそ、不特定多数の人々の視線に晒《さら》されることや、見知らぬ人と話すことへの恐怖は拭えない。

それでも、これはギルバートの妻として、フォルスター公爵家に嫁いだ者として、避けてはならないことだ。逃げてしまっては、それこそギルバートの隣に立つことなど望めなくなってしまう。

ギルバートはソフィアの気持ちを知ってか知らずか、安心させるように繋いだ手を握る力を強めた。

そして庁舎らしき大きな建物に入ると、責任者だという人について説明してくれる。

「この港の責任者は、かつて王都の騎士団とうちの自警団で働いていたこともある人だ。私とは入れ違いで、直接指導を受けたことは無いが……他国との貿易で富が集まる場所だからこそ、様々な脅威に対抗でき、誘惑に負けない、強く真面目な責任者が必要になる」

ソフィアはその表現が腑《ふ》に落ちず、首を傾げた。

「強く真面目な責任者……ですか？」

「そうだ。会った方が早いだろう」

ギルバートはそう言って、廊下の先へと急ぐ。働いている人達は一瞬驚いた顔をしたが、ギルバートの姿を確認して、納得したように一礼した。ソフィアもその後について、歩を進めた。

一階の一番奥にある大きな扉。そこに掛けられたプレートには、『港湾管理責任者』の文字が並んでいる。

扉を軽く叩《たた》くと、中からは短い返事が返ってきた。

「失礼します」

ギルバートが室内に入ると、椅子に座っていた男が立ち上がった。ソフィアは内心の驚きを隠すように、慌てて家庭教師に習った笑みを顔に貼りつける。

そこにいた男の風貌は、あまりに予想外のものだった。それはこの壁一面に並んだファイルに反して、明らかに目立つ武人のようながたいの良さのせいだけではない。最も目立つのは、浅黒く日焼けした顔に走る傷跡だ。ちょうど左目にかかるようにして頬に走る傷は、かつて騎士団にいたときに負ったものだろうか。港湾管理責任者というよりも、海賊の方が似合いそうだ。

髪は黒く、短く刈り揃えられている。同じ黒色の瞳は、決して鋭いわけではないのに、強い意思が宿っているように感じられた。

その目が、一瞬にして顔から消えた。

「久しぶりだな、フォルスターの坊！　結婚したんだって？」

大きな声と、満面の笑み。それだけでこの人が、良い人なのだということが分かった。ギルバートは一度小さく嘆息して、それから少し口角を下げて控えめに不満を伝えた。

「……その呼び方はお止めくださいと、いつも言っています」

「まあまあ、堅苦しいことは良いだろうがよ」

男は表情を崩すことなく、一切の迷いを見せずにギルバートに右手を差し出した。ギルバートも躊躇せずその手を取る。

「お元気そうで何よりです、ランベール殿」

「坊こそ、結婚おめでとう」

「ありがとうございます。今日は紹介も兼ねて、立ち寄らせてもらいました」

ランベールはギルバートよりも縦にも横にも大きい。確かに、ギルバートが言った通りとても強そうだ。

これまでの短い間に、ソフィアはランベールに対する警戒心を全て忘れてしまった。ギルバートの能力を知っている立場にも拘《かかわ》らず迷い無く触れることができる人が、悪い人のはずがない。

「そっちのが嫁さんか?」

「ええ、ソフィアと言います」

ギルバートの紹介を受けて、ソフィアは一歩前に踏み出した。そして、スカートを両手で軽く摘み、腰を落とす。

「ソフィアと申します。以後、お見知りおきくださいませ」

淡い微笑みを口元に浮かべて、視線を僅かに落とす。完璧な挨拶ができたとほっと内心で息を吐くと、ランベールはがははと豪快に笑い声を上げた。

「あの……？」

「な……なんだ。坊、お前、随分可愛らしい子を捕まえたな！　嫁さん、俺はこの通りの人間だから、そんなに畏まらなくて良いんだ」

ランベールは呆気《あっけ》にとられたような表情でソフィアを見た後、少しして面白いものを見る目に変わった。しかしソフィアへの口調はギルバートに対する気安さとはまた違って優しい。

ソフィアはスカートから手を離し、体の前で組み合わせた。それから、その優しさに答えるように、今度は心からはにかんでみせる。

「あ……りがとうございます？」

「うあ、可愛い。ちょ、坊にはかーなーり可愛過ぎるんじゃねぇか⁉　なんだこの天使」

「変な目で見ないでください。ランベール殿相手でも怒りますよ」

隣にいるギルバートが、急にソフィアの手を掴んで引いた。

「いや、そういう意味じゃなくてだな……まあ良い。坊はちょっと仕事の話だ。自警団の配置について相談がある。あー、嫁さんはその辺のもの見ててくれて良いからな。何かあったら声かけてくれ」

「警備の話になる。すまない」

「いいえ、お邪魔にならないようにしますね」

仕事とはいえ警備のことは、ソフィアはハンスからも家庭教師からも何も教わっていない。それは危険なことにソフィアを関わらせたくないというギルバートの思いやりであった。

ソフィアは言われた通り、壁に並んだ絵と資料を見て待つことにした。絵は、この港のこれまでが時系列順に並んでいるようだ。一番左の絵には、古いデザインの船が、木を組んだだけの桟橋に沿って停泊している。隣の絵では倉庫が増えたようで、先程の絵よりも描き込まれている人の数が多かった。

見始めると意外と楽しく、ソフィアは夢中でそれらを見ていた。ここに来る前に、イーノについてはハンスから机上で教わっていたが、実際に見てその発展を実感できるのは興味深い。

だから、ギルバートから声をかけられるまで、二人の話が終わったことにも気付かなかった。

「――ソフィア、そろそろ次に向かうが」

「……お話は終わったのですか？」

「ああ。ランベール殿、時間を取らせた」

ギルバートが振り返ってランベールに別れの挨拶をしている。ソフィアも慌ててその横に並んで、頭を下げた。

「ありがとうございました」

「いや、俺の方こそ、新婚のところ堅い話ばっかで悪かった。そうだな……二人とも、今日はもう邸に戻るのか？」

ランベールはそう言って、ギルバートに顔を向けた。ギルバートは訝《いぶか》しげな目で口を開く。

「何ですか？」

「もし時間があるなら、街の方に寄っていってくれよ。皆喜ぶだろ」

ソフィアは首を傾げた。皆喜ぶとは、どういうことだろう。しかしギルバートはソフィアの疑問になど構わない様子で頷いてしまった。

「この後で行く予定でした。ランベール殿がそう言うとは、賑わっているのですね」

「ああ、そうだ。一昨日《おととい》の式の後からずっとだぜ」

「よくやるものですね。……だが、ちょうど良い。ソフィア、行こう」

ギルバートはすぐに踵《きびす》を返して、扉に向かってしまう。ソフィアは慌てて振り返って、ランベールに向かって頭を下げた。

「あっ、あの……。ありがとうございました！」

ランベールはそれを見て、ひらひらと手を振ってくれる。突然の退室もギルバートにとってはいつものことで、ランベール相手には構わないのだということに気付いて、ソフィアは安心して前を向いた。

◇◇◇

「次が、今日の最終目的地だ」

ギルバートは窓からソフィアに視線を移した。ソフィアはギルバートが話しかけたことで、小さく肩を揺らす。

「港町、でしたよね」

「ああ。ハンスからも聞いているだろうが、イーノの港町は特に栄えている」

王都からの観光客も多い場所だ。新鮮な魚で作る料理は絶品だと有名だ。また、ここの海で採れる天然の貝に細かな彫刻を施したシェルカメオは一つ一つが職人の手によるものらしく、とても綺麗だった。

「はい。ハンスさんから、イーノ産のカメオは見せていただきました。あんなに細かく綺麗なものを作っている職人の方が、ここには何人もいるのですね」

ソフィアの言葉にギルバートは頷いてみせた。ソフィアの認識は正しい。しかし港町の特徴としては、今回、最も大切なところが不足している。

「特に港町は、漁師と職人の街だ。活気があるから楽しみにすると良い」

「はい」

今朝と比べると、ソフィアは随分自然に笑っているように見える。その事実にギルバートは安堵《あんど》した。

ギルバートと結婚をするということは、普通の人と結婚をするよりも、ソフィアへの負担が大きい。それは魔法騎士として名を馳《は》せているギルバートの唯一になることで、その身を狙われる可能性があることだけではない。フォルスター侯爵家に見合うだけの知性を求められること、内政や外交で『友好的付き合い』をする義務があること、王族と関わること。そして、万一のときには一人残される覚悟をすること。

そのどれもが、ギルバートを選ばなければソフィアが負うことが無かったものだ。どうしてもギルバートにも負い目はある。

「……ソフィア」

「ギルバート様？」

私と結婚したことを後悔していないか。そう訊《き》こうとして開けたギルバートの口は、しかしその言葉を紡げなかった。早朝の瑞々《みずみず》しい森の光を切り取ったような深緑の瞳が、あまりに無垢《むく》で美しかったからだ。

いずれにせよ今更失う選択肢はギルバートには無い。ならば問いかけることに意味などないだろう。

「いや、何でもない」

ギルバートはソフィアの幸せを一番に願っている。しかしそのためであったとしても、手放すことだけはしないと決意していた。

馬車は舗装された道をかたかたと進む。すると街に近付くにつれて、馬車の外がどんどん賑やかになっていった。確かに目的地はいつも人が多い場所で、今はより賑やかだろうと予想はしていたが、それにしてもこれはかなり騒々しいだろう。何かがあって、地元民から苦情が出ては厄介だ。

「何か……あったのでしょうか？」

ソフィアがギルバートの動揺を察したのか、ぽつりと呟《つぶや》く。ギルバートは窓のカーテンを少しだけ開けて、外を見る。そこにあった光景に、驚きが隠せなかった。

「これは……」

「ギルバート様？」

「いや、問題無い。このまま行こう」

港町は、どうやらとても面白いことになっているようだ。

もしもソフィアの憂いがギルバートに嫁いだことによる不安から来ているのならば、それを払拭するだけの光景を見せてやれるだろう。

ギルバートはほんの少しだけ口角を上げた。

◇　◇　◇

馬車の外が煩《うるさ》い。

目的地へと向かう馬車の中、ソフィアは首を傾げた。ギルバートは問題が無いと言っていたが、何も無いのにこの賑やかさはおかしい。

「――旦那様、これ以上は難しいかと」

御者が声をかけてくる。ギルバートは暫《しば》し何かを思案するような表情をして、ちらりとソフィアに目を向けると、御者への返事をした。

「分かった。では端で停めてくれ」

「かしこまりました」

ギルバートの指示の後すぐに馬車は停まった。

相変わらず馬車の外は騒がしい。しかし耳を澄ませてみると、どうやら盛り上がっている、と言った方が正しいような音だ。それどころか、陽気な音楽まで聞こえる。

「ギルバート様、何が――」

問いかけようとしたソフィアの唇に、ギルバートが立てた人差し指をそっと当てられる。それはこれ以上の言葉を呑《の》み込むには充分な刺激だった。

「降りよう」

ギルバートが内鍵を外し、扉を開ける。

瞬間、歓声が上がった。これは、フォルスター侯爵家とギルバートへの歓声だ。その声から、かなりの人数が外にいて、更に想像以上に注目されていることが分かる。

ソフィアは緊張した。ここを出て、この声の中心に行くのか。そう思うだけで身体が竦《すく》む。

「大丈夫だ。おいで」

馬車の外から、ギルバートの左手が差し出された。

いつもソフィアを支え、寄り添い、導いてくれるギルバートの手。この手に求められると、ソフィソフィアはどんなときも、抗《あらが》うことができない。

それは、今もだ。緊張していて身体が竦んでいても、そんなことは関係無い。この手さえあれば、ソフィアは勇気を出すことができる。

「――はい」

ソフィアはギルバートの手に手を重ねた。

馬車から出たそこは、ソフィアが見たことのない華やかさで溢《あふ》れていた。

王都と比べても引けを取らない栄えた街並み。石畳の道には、たくさんの人がいる。その全員が何らかの花を身につけ、晴れやかな笑顔を浮かべていた。女は髪飾りに、男は帽子や襟元に。そして何より、街中が様々な花で飾られ、視界いっぱいが明るい色で満ちている。

「これは……」

ソフィアは息を呑んだ。

あまりのことに一歩馬車から出た姿勢のまま硬直していると、ギルバートがソフィアの身体を支えて引き寄せる。その感触と伝わる体温が、これが夢ではなく現実の光景だとソフィアに伝えてくれていた。

「祭りをしているのだそうだ」

ギルバートが端的に説明する。

「祭り、ですか？」

「私も先程ランベール殿から聞いた。一昨日、私達が式を挙げてからずっと、祝いの祭りが続いているのだそうだ」

「そんな……っ」

ソフィアは驚き、花を身に纏った人々にもう一度目を向けた。

「ギルバート様、結婚おめでとうございます！」

「ソフィア様、イーノにようこそ！」

「領主様、おめでとう」

「おかあさーん、領主様のおよめさん、とってもきれいー！」

「ソフィア様、可愛いぜー！」

「相変わらず、綺麗な領主様だわね」

「いやあ、めでたいことだ」

「嬉しいねぇ」

向けられる言葉はどれも、結婚を祝い、ギルバートを讃《たた》え、ソフィアを歓迎する言葉だった。

ギルバートが言っていた通り、この港町は漁師と職人が、その家族と共に生活している場所だ。彼等は活気があり、職人気質で、懐に入れた人間は大事にする。祭り好きで、騒ぎ好きだ。そして豊かな領地を維持しているフォルスター侯爵家を尊敬し、同時に仲間として受け入れている。

「ソフィア、手を振ってやると良い」

ギルバートはそう言って、ソフィアの手を離し、代わりに腰を抱いた。

「はい」

ソフィアは自由になった右手を、顔の横でひらひらと振った。すると、馬車を降りたとき以上の声が上がる。もしも家で静かに本を読んでいる人がいたとしても、何事かと驚いて外へ出てきてしまうだろう。

「……もはや、歓声というより雄叫《おたけ》びだな」

ギルバートが苦笑して、ソフィアを見下ろした。その表情は王都ではあまり見ないほど柔らかく、優しいものだった。親しい者だけでない場所でギルバートがこのような顔をしているのは、本当に珍しいことだ。それだけ、領民達を信頼しているのだろう。

ソフィアは頬を染め、嬉しさに目を潤ませた。

「ふふ。ですが、とても嬉しいです……っ」

滲《にじ》んだ目から涙を拭って、ソフィアは歓迎に笑顔で応えた。

ギルバートが、周囲を見渡し、声を張る。

「祭りの邪魔をして悪かった。私達も、混ぜてくれるか」

明らかに肯定を示す皆の反応を確認したギルバートが、ソフィアの手を握り、人混みの中へと歩き出した。二人が近づくとそこには自然と道ができ、通行に困ることはない。

「どちらに行かれるのですか？」

「この先に、美味《うま》い菓子屋がある。少し休憩をしよう」

ソフィアとギルバートは菓子を食べ、臨時で出したであろう屋台を見て回り、話しかけてくる領民達に挨拶を返しながら、祭りを楽しんだ。ギルバートも普段ほど畏まった様子ではなく、気を抜いているのが分かる。だからこそ、ソフィアもより楽しかった。

婚約をしてから今日まで、本当に怒濤《どとう》のような日々だった。レーニシュ男爵領に行き、事件を解決し、爵位を相続した。同時に花嫁修業として、礼儀作法と侯爵領についての勉強を進めている。更に領政を学び、レーニシュ男爵領の領地改革もギルバートと共に行っている。そこに、結婚式の準備も重なったのだ。

どうしてもゆっくりと過ごす時間は少なく、上位貴族らしさを求められる日々が続いていた。こうして手を繋いで気軽に歩くこともしていなかった。

楽しい時間はあっという間で、気付けば日が傾き、周囲は橙《だいだい》色に染まっていた。

そろそろ帰った方が良いだろうか。ソフィアがそう思った頃、ギルバートが帰り道と反対方向に歩き出した。

「夕方になったら広場に来てほしいと言われている」

「広場ですか？　何かあるのでしょうか」

「──ああ、この地域の祭りは……いや、見た方が早い」

ギルバートは説明をするのを止めて、先を急いだ。ソフィアは不思議に思ったが、今日が楽し過ぎて、これから何が起こるのかとどきどきする気持ちの方が強くなる。

辿《たど》り着いた広場には、ソフィアが初めて見る光景が広がっていた。

「うわぁ……っ」

広場の中心には、大きな焚《た》き火がある。それを囲むようにして、多くの人々が踊っていた。踊りの輪から離れたところで、様々な楽器を持った人が陽気な音楽を演奏している。それら全てがゆらゆらと揺れる炎に照らされていた。

「これは、何でしょうか？」

ソフィアが見惚れながら口を開くと、ギルバートが笑う。

「この地域では、祭りの夜には焚《た》き火の周りで踊る風習がある。ソフィアは初めてだろう」

「はい。とっても素敵です。皆、楽しそうですね」

踊っているのは貴族ではない。街の皆が手に手を取って踊っている。中には初々しい恋人同士から、老夫婦、同性同士や三人以上で踊っている者もいる。彼等の踊りは規則的ではなく、決まりもないようだ。身体を揺らすだけだったり、激しくステップのようなものを踏んでいたりと、見ているだけでも面白い。

ソフィアにとっての踊りとは、夜会で踊る形式が決まったものでしかなかった。それもギルバートと踊ると楽しいが、突き刺さる視線には様々な感情が乗っており、どうしても息苦しさを感じることもある。

純粋に楽しむための踊りというのは、とても新鮮だ。

「――興味があるか？」

「はい。こんなダンスもあるのですね」

ソフィアは幸福な光景から目が離せないでいた。

「ソフィア」

名前を呼ばれ、ソフィアは隣を見る。すると、ギルバートがその瞳に悪戯な色を宿して、ソフィアに手を差し出していた。その姿勢は貴族として完璧で、今周囲で繰り広げられているダンスとは、あまりに似付かわしくなかった。

「私と、踊っていただけますか」

ギルバート自身もその不釣り合いを自覚しているのだろう。口元には隠し切れない笑いが浮かんでいる。

「はい、喜んで」

ソフィアもまた貴族として完璧な所作で右手を差し出した。

瞬間、ギルバートがソフィアの手を強く引く。

「きゃあっ」

ぐらり、と傾いだ身体は、しっかりとした胸板で支えられた。抱き合うような体勢になってしまい、ソフィアは慌てて身体を離して姿勢を整えようとしたが、ギルバートがそれを許さない。適度とされる距離を空けないまま、ギルバートは踊りの輪の中へとソフィアを誘った。

「ここでは細かいことを気にしなくて良い」

知らない曲だった。当然、正しいステップなど知るはずがない。

でたらめにくるくる回り、空いている場所へと移動する。細かいステップを踏む若者の真似《まね》をしてみたり、身体を寄せ合ってただ揺れてみたり。決まりのないダンスはソフィアが思っていたよりも簡単で、同時にとても愉快なものだった。

「よく聞いてほしい」

踊りの合間、ギルバートが口を開く。

「お前はいつも頑張ってくれている。私は、そんなお前が好きだ。――だから、少しずつで良い」

「え？」

「焦ることはない。少しずつ、なりたいお前になっていけば良い。……私は、そんなソフィアを側で見ていたいのだから。それに」

ギルバートはそこで一度言葉を切った。ソフィアが首を傾げると、ギルバートはソフィアの大好きな溶けるような笑みを、周囲に向けた。

「――ここにいる皆は、既にソフィアを私の妻として認めている」

ソフィアは目を見張った。

ギルバートに視線で促され、ソフィアは周囲を見渡した。祭りを楽しんでいる者は皆、ギルバートとソフィアが踊っている姿を見て、嬉しそうにしている。近くで踊っている人は、ソフィアと目が合うと、親しみを込めた笑みを返してくれた。

「ありがとうございます。私……私、ちゃんとギルバート様の奥様、できてますか？」

ソフィアは不安をそのまま口にした。弱さを晒すことが怖くて隠そうとするが、それを、ギルバートはいつだって当然のように暴き、掬《すく》い上げてくれる。

「想像以上だ」

短い言葉にソフィアは嬉しくなって、踊りの途中だということも忘れ、心のままにギルバートに抱きついた。ギルバートもまた、同じように抱き締め返してくれる。

皆が楽しそうに踊っている。笑っている。炎がそれを照らしている。

陽気な音楽が響く。

祭りは、まだまだ終わりそうもない。

バレンタインの甘い告白

これはソフィアとギルバートが結婚式を挙げる、少し前の話。

ソフィアは自室として与えられた侯爵家の客間の一室で、左手の小指をじっと見つめた。

そこにあるのは、ギルバートから貰《もら》った魔道具の指輪である。細く華奢《きゃしゃ》な指輪は蔦《つた》が絡んでいるようなデザインで、上品な白金に小さな藍晶石がついている。とても可愛《かわい》らしいそれは、しかし可愛らしいだけのものではない。

それは小さいながらも高度な魔道具だった。魔石を利用すれば魔道具を使えるソフィアのために、その原理を利用して、ギルバートが作ってくれたものだ。ソフィアが左手で魔道具のスイッチに触れると、ギルバートの耳飾りと連動して、指輪から魔力が流れる仕組みになっている。

魔力が無く魔道具を使えないソフィアにとって、とても有難いものなのだが。

「困ったわ……」

ギルバートの魔力を使わせてもらうのは気がひけるが、魔道具の使用のために使う魔力はごく少量らしく、ソフィアが生活する上で使用する程度なら問題は無いらしい。副作用としてソフィアの居場所がギルバートに分かってしまうらしいが、ソフィアは構わなかった。しかし、今回は違う。

「なに、ソフィア。まだ悩んでるの？」

カリーナが呆《あき》れたように言った。そう言われるのも当然だ。ソフィアは数日前から、ずっと同じことで頭を悩ませている。

「だって、外して過ごして、ギルバート様は不思議に思わないかしら」

「大丈夫でしょ、せいぜい数時間よ？」

「そうだけど……」

そう。着けていることが当然になり過ぎて、ギルバートにどこにいるかを悟られないために外すことに抵抗があるのだ。

「別に良いじゃない。悪いことしようっていうんじゃないし、邸《やしき》の中よ！」

「そう……だよね。うん」

確かにこのままでは、何も始まらない。

「そうと決まれば、早速料理長のところへ行きましょう」

「……カリーナも一緒に作ってくれるのよね」

「勿論《もちろん》よ。ソフィアだけじゃ厨房《ちゅうぼう》使えないじゃない！」

ソフィアは指輪を外して、鍵《かぎ》がついた抽斗《ひきだし》にしまった。

この国には、春の訪れを祝う時期になると女から男へと菓子等の贈り物を贈る習慣がある。バレンタインと呼ばれるその日は、愛の告白や感謝の気持ちを伝える日として親しまれていた。

ソフィアは、ギルバートに手作りの菓子を贈りたいと思っていた。そしてそのために、料理長に作り方を教えてもらえるように頼んでいたのだ。しかしうっかり指輪を使ってしまったら、ソフィアが連日厨房にいることがギルバートに気付かれてしまう。

ソフィアがカリーナと共に厨房へ行くと、料理長が材料と道具を揃《そろ》えて待っていた。

「それじゃあ、お嬢ちゃん達。準備は良い？」

「はいっ！　お願いします」

「お願いします」

ソフィアとカリーナは揃って頭を下げた。料理長は楽しそうに笑っている。

「いやぁ、お嬢ちゃん達にお菓子を貰える人は幸せだね。じゃあ、今日は基本から始めようか」

調理台の上には何種類かの粉や調味料が並んでいる。ソフィアはカリーナと共にメモ帳を広げてペンを走らせた。

それから一週間、ハンスには事前に勉強時間の調整を頼んで、料理長による指導は連日続いた。

そしてバレンタインまであと二日となった今日、やっとソフィアとカリーナの二人でチョコレートの焼菓子を作ることができた。オーブンや水を使うときにはカリーナに頼み、相変わらずソフィアは料理中にはギルバートから貰った指輪を使っていない。

「良かった、できた……っ！」

「うん。ちゃんとお菓子の味がするわよ！」

カリーナもまた手元にある菓子を見て嬉《うれ》しそうだ。

「お菓子だもの、カリーナ。間に合ってよかった……ありがとうございます、料理長」

ソフィアは笑顔で料理長に頭を下げた。料理長も嬉しそうに頷く。

「いやぁ、お嬢ちゃん達と料理してて楽しかったよ。良ければ明後日の後もまた遊びにおいで。次はもっと難しいのも作れるよ」

「あ……ありがとうございます」

料理のことになると厳しい料理長だ。お陰で素人《しろうと》が作ったにしては随分本格的なものが作れたが、これからもとなると、料理人にでもされてしまいそうだ。内心で苦笑しつつも表情には出さず、ソフィアは微笑《ほほえ》んだ。

帰宅した後のギルバートと共に私室で会話をする幸せな時間は、当然のように続いている。隣り合わせに座り手を重ねてとりとめのないことを話すのを、ソフィアはいつも楽しみにしていた。

「――ソフィア、一つ聞きたいのだが」

「ギルバート様、どうなさいました？」

珍しい切り出し方にソフィアは首を傾《かし》げる。ギルバートは話しづらそうに視線を一度ずらして、またソフィアと目を合わせた。

「最近、午後に何かしているのか？」

探るような目にどきりと胸が鳴る。何をしているかと言われればギルバートに渡す菓子を作っているのだが、バレンタインは明後日だ。今日まで隠していたのだ。今気付かれてしまっては内緒にしていたことが無駄になってしまう。

「いえ、特には……。――あの、どうしてですか？」

「ああ、いや。何もないのなら構わないが――困ったことなどあればいつでも言ってくれ」

ギルバートも直接ソフィアの指輪が反応しないためだとは言いづらいのか、言葉を濁す。ソフィアは内心でほっと息を吐いた。

「ご心配をお掛けしておりましたか？　ありがとうございます、ギルバート様。でも、私、ちゃんと元気です」

ぎゅっと手を握ると、ギルバートは握り返してくれる。その優しさが、ソフィアの心を暖かくする。

「そうか」

ギルバートが苦笑してソフィアの頭をぽんぽんと撫《な》でた。それは子供をあやすような甘さだった。

「ギルバート様こそ、お疲れではありませんか？　最近は私とのことも色々動いてくださっていますし……」

結婚式を前に、諸々の手続きやソフィアが継いだレーニシュ男爵領の調査等、ギルバートはすすんで動いてくれていた。連休をとるために仕事も詰めているようで、申し訳なく思ってしまう。

「ソフィアのことは苦労とは思わない。お前こそ、無理はしないでくれ。勉強も領地のことも、無理に一度に抱えることはない」

優しい言葉に、ギルバートに黙ったままでいることへの罪悪感が募る。あと二日、このままでいなければならない。ソフィアはぐっと息を呑《の》む。喉まで出かかった言葉も一緒に呑み込み、曖昧《あいまい》な微笑みを浮かべた。


バレンタイン当日、ソフィアとカリーナは午前中のうちから厨房でお菓子作りをしていた。昼前に完成したのはガトーショコラだ。冷ましてから包むため、料理長に頼んで冷蔵庫を借りた。

「──聞かずにいたけれど、カリーナは誰《だれ》にあげるの？」

部屋へと戻る廊下で、ソフィアは口を開いた。カリーナは焦ったように足を止めて目を見開く。

「えっ？」

ソフィアも立ち止まり振り返った。カリーナの頰《ほお》が真っ赤に染まっていて、ソフィアは驚いた。

「カリーナ……大丈夫？」

「あっ、ごめんソフィア！」

「ううん、良いのだけど……」

苦笑すると、カリーナは少し居心地が悪そうに手の甲を反対側の手で摩《さす》った。らしくない仕草にソフィアまで恥ずかしくなってしまう。

「違うの。話したくないわけじゃなくて、ただ……その。――こういうのって、初めてだから恥ずかしくて」

すっかり恋する乙女な様子のカリーナは、ソフィアから見てもとても可愛らしかった。

「でも、せっかくのバレンタインだから……頑張って。今度、彼のこと教えてね」

「違……っ！　まだ彼じゃなくて――」

カリーナの様子からして、まだ片思いなのだろうか。ソフィアは、かつてギルバートと初めて外出するときに、カリーナに励ましてもらったことを思い出した。

「今日の午後はお休みだもの。カリーナも、ゆっくりお出掛けでもしてきてね」

「ソフィアこそ、ギルバート様のことだもの。きっと今日は早く帰ってくるわよ。楽しみね。後で話聞かせて！」

「うん、ありがとう」

ソフィアは部屋の前でカリーナと別れた。

◇　◇　◇

カリーナは精一杯可愛らしく見えるように着替え、王城の近衛騎士団の施設に一番近い門の側で深呼吸をした。

目的の相手はここにいる。日が傾いてくる時間――もうすぐ騎士団員達は仕事を終えるはずだ。そうしたらこの門から出てくるだろう。カリーナ以外にも何人もの女の子がいることが気になった。貴族の子女というよりは、街の娘といった雰囲気だ。騎士団は街へ出ることも多い。憧《あこが》れられることも多いのだろう。彼女達と目的の人物が違うことを願うばかりだ。

「――やっぱり、騎士団って人気なのね」

誰に言うでもなく呟《つぶや》く。カリーナがこの日にここに来るのは初めてだった。

門から騎士団員が出てくると、女の子達のうちの何人かがその人に集まっていく。やはり特に若くて見目の良い者や特務部隊、魔法騎士などは人気のようで、きゃあっと黄色い声が上がるたび、カリーナはどきりと胸を高鳴らせた。

「きゃあー!」

少しして一際大きな声が上がり、二桁《けた》を超えるのではないかと思うほどの人数の女の子が門の方へと寄っていった。カリーナは慌ててそちらを見る。もし目的の人だったらどうしよう。

しかしそこにいた人物が予想とは異なって――それでもそれはよく知った人物で、カリーナは目を細めた。可愛らしく着飾った歳若い女の子達。その輪の中で差し出される菓子に手を伸ばさず、それどころかクールに一瞥《いちべつ》して先を急ごうとしている。

「菓子は受け取らない」

ばっさりと断られた彼女達は、それでもめげずに後を追っていく。その相手は、カリーナの主人であるギルバートだった。気付かれたくないと、柱の陰に隠れて様子を窺《うかが》う。

カリーナは納得した。ギルバートを怖《おそ》れているのは、その力を知っている貴族達や、心にどこか後ろ暗いところがある者達だ。令嬢達はその美貌《びぼう》に惹《ひ》かれながらも、冷ややかな態度に恐怖したり、親から近付かないよう厳命されているようで、遠巻きにしている。おそらくここに来ている娘達は、ギルバートの持つ多過ぎる魔力のための苦労も、それ故に得た能力のことも知らないのだろう。

ならばギルバートは、一見冷たくはあるが、真面目《まじめ》で親切な美貌の騎士である。

「侯爵様、でも、私……今日のために作って――」

「私も、先日街で助けていただいたお礼に」

次々と投げられる言葉は振り向いてもらいたいが故だろう。確かに立ち止まらせる効果はあったようだが、振り返った顔には、およそ表情と呼べるものは浮かんでいなかった。それは黒騎士と呼ばれるに相応《ふさわ》しいものだとカリーナは思う。

「――すまない。皆の心遣いは嬉しいが、私は婚約者に誤解を与えたくない。それに」

一呼吸置いた次の瞬間、その場にいた人々は動きを止めた。冷徹だと言われる割に親切で、しかし確かに感情をあまり表に出すことのない彼が、ふわりと柔らかく微笑んだのだ。

「私は、彼女の笑顔が見られればそれで充分だ」

思わず浮かんでしまったといったようなその笑みは、彼女達をその場に足止めするに充分だった。隙《すき》をついてすぐにギルバートは馬車へと乗り込んでいく。残された女の子達は、頬を赤らめたまま夢見心地な表情で帰っていった。

「あーあ、副隊長も罪作りだよねぇ。ね、そう思わない？　カリーナちゃん」

カリーナは背後からかけられた声に慌てて振り向き、そのまま隠れていた柱に背をぶつけ——派手に尻餅《しりもち》をついた。

「ど、どうしてここに——」

「いや、正面から帰ったら大変だろうと思って。トビアスは素直だから……ほら、もう囲まれちゃってる。第二小隊の僕達はさ、街に出ることも多いから、今日みたいな日は隠れて帰った方が良いの」

はっと門の方を見ると、確かに新たな人集《ひとだか》りができていた。その言い振りに、カリーナは思わず溜《ため》息《いき》が漏れる。しかしそんな男に菓子を渡そうと、のこのこやってきたカリーナは文句を言うことはできなかった。

尻餅をついたままのカリーナを助け起こそうと右手を差し出した近衛騎士団第二小隊の隊員——ケヴィンは、にかっと悪戯《いたずら》な笑みを浮かべた。

まだソフィアとギルバートが事件解決のためにレーニシュ男爵領にいた頃のことだ。ケヴィンは教会で少年を攫《さら》おうとした男達を王都まで護送し、王都でレーニシュ男爵達を逮捕し、その後ギルバートの遣いで王都のフォルスター侯爵邸へとやってきた。ギルバートの両親宛《あて》の書状を預かっていたのだ。

当時ソフィアの侍女になりたてだったカリーナは、ソフィアが留守の間パーラーメイドとしても働いていた。そしてこのとき、ギルバートの両親もハンスも不在だったため、カリーナがケヴィンの相手をすることになったのだ。

「ありがとう。——へへ、貴族の邸《やしき》に来るのって嫌いなんだけど、副隊長のとこは好きなんだ。紅茶は美味《おい》しいし、仰々しくなくて。侯爵様なのに不思議だよねぇ」

それは当主の人柄のお陰だと思い、カリーナは少し嬉しくなる。

「お褒めいただきありがとうございます」

部屋の端に控えている使用人は、客人に話しかけられることは稀《まれ》だ。しかし話しかけられれば、会話をすることは許されている。

ケヴィンと名乗ったその男は、本来の年齢を推測させないほどの童顔で、カリーナとあまり年齢は変わらないように見えた。しかし騎士として働いているのだから、きっと歳上なのだろう。可愛らしさの中にもしっかりと男性らしさのある見た目をしている。

こんな騎士もいるのかと、カリーナは騎士というものの認識を改めた。

「あ、そんな固くならないで。僕が緊張するから」

にかっと笑ったケヴィンは、紅茶を飲みながらカリーナに向かって話し続ける。

「うーん……あ、そうだ。貴女《あなた》も気になってるだろうし、副隊長達のこととか男爵領のこと、質問あれば答えるよ」

勿論捜査上の秘密にあたらないところならね、と付け足されたケヴィンの申し出は、カリーナにとって渡りに船だった。知りたくて知りたくて、それでも無事の報《しら》せだけを聞いてどうにか心を落ち着けていた、大切な友人であり仕える主人であるソフィアのことを、やっと聞くことができる。そう思うと客人相手と分かっていても、どうしても前のめりになってしまう。

「それでは——ソフィアのこと、教えていただけますか。あの子は元気にやっていますか？　頑張っていますか？　……泣いて、いませんか」

口にしているうちに少しずつ不安になって、最後の言葉はらしくもなく尻すぼみになった。それが情けなくて、その分ぐっと背筋を伸ばす。

「そうか。ソフィア嬢の……友達？」

「侍女、です」

取り乱したことが恥ずかしくて頬を染めると、ケヴィンはその童顔に似合わない大人びた柔らかな表情で笑った。

「役職はそうかもしれないけど、こんなに心配してるのは友達だよ。それに、ソフィア嬢は友達だと思ってるんじゃないかな」

「そうですね。……失礼致しました。それで——」

「ああ、そうだね。えっと、ソフィア嬢は」

そのとき、ちょうど扉を叩《たた》く音が響いた。ハンスがやってきたのだろう。想定よりも早い帰宅だった。カリーナは聞けなかったことを残念に思いながら、仕事用の笑顔を貼《は》りつけた。

「お話、ありがとうございます。代理の者が参りましたので、失礼させていただきます」

「あ、待って」

一礼してその場を去ろうとしたカリーナを引き留めるかのように、ケヴィンは声をかけた。

「仕事、終わるの何時？」

カリーナは振り返って首を傾げる。

「午後六時ですけど……」

「良ければ一緒に食事でもどう？　ソフィア嬢達の話、今は無理だけどそのときならゆっくり聞かせてあげられるよ」

それはあまりに魅力的な誘いだった。本来なら軟派であると嫌う誘い文句だったが、ケヴィンの表情からは下心は感じられない。それはカリーナが既にケヴィンを信頼し始めているからだろうか、それとも、ケヴィンの性質故だろうか。

「――ありがとうございます。では、六時に」

手の平で転がされているような錯覚に、カリーナは精一杯平静を装って返事をした。


予想以上に話が合い、また付き合いの良いケヴィンのお陰もあり、それ以来たまに二人で食事をする仲になっている。その無邪気さとその場を照らすような明るさに、この人ともっと一緒にいたいと思った。そしてカリーナにとって予想外のことで、二人過ごす時間が増えていくと、どうしても好意を抱かずにはいられなかった。

「あ、ありがとうございます」

カリーナはケヴィンの手に自身の手を重ね、立ち上がった。そのままくっと腕を引かれて、カリーナはバランスを崩しそうになるのを堪える。急に掛けられた力にきっと睨むと、ケヴィンはそのままカリーナの手を握った。

「はは、ごめんごめん。――それで、カリーナちゃんの目的の男は誰《だれ》？」

可愛らしい顔の丸い瞳《ひとみ》がすうっと細められ、柱の陰から門の方へと向けられる。視線の先では、今も出てくる騎士達に、女の子達がきゃあきゃあと騒いでいる。あれと同じだと、呆れられてしまうだろうか。

「――……よ」

「え？」

言葉にならない声が悔しい。カリーナは握られた手を振り払い、持ってきた鞄《かばん》の中からソフィアと一緒に作ったガトーショコラを取り出した。綺麗《きれい》にラッピングしたそれは、今のぐしゃぐしゃな心とは似つかわしくない。それでも確かにカリーナがケヴィンを思って作り、包んだものだ。

勇気を振り絞って、腕を伸ばしてケヴィンに押しつけた。カリーナの手から離れたそれを、ケヴィンは両手で受け止める。驚いた表情が憎らしい。

「あんただって言ってるのよ！」

正面から出たら大変だと言っていたケヴィンは、きっととても女の子から人気があるのだろう。カリーナのこれも、余計だったかもしれない。考えると涙腺《るいせん》が緩んだのが分かって、カリーナはその場から逃げ出した。

「えっ……あ、ちょっと！」

追ってくる声は聞こえない振りで、王城に背を向けて走る。真っ赤になった顔も、きっと潤んでいるであろう目も、今日はあまり目立たないだろう。なにせバレンタインだ。あんなにも女の子がいたのだから。

そしてきっと、ケヴィンが追い掛けてくればすぐに追いつかれてしまうことも分かっていた。相手は騎士の中でもエリートの、王太子付きの近衛騎士だ。カリーナよりずっと足が速いに決まっている。

案の定、あっという間に追いつかれてしっかりと手首を掴《つか》まれた。

自身の乱れた呼吸と、高鳴る鼓動が煩《うるさ》い。

「逃げないでよ」

言葉と同時に背後から抱き締められ、カリーナは余計に呼吸が苦しくなった。ケヴィンの少しも乱れていない呼吸に、悔しさが募る。

「……っ」

唇を噛《か》んだ。涙が勝手に溢《あふ》れてくる。またこうやって、ケヴィンはカリーナの胸を簡単にいっぱいにしてしまうのだ。

「待って、困る。泣かないで。——ああもう、どうしたら良いんだ」

困らせたいわけではない。本当は笑顔で渡して、笑顔で受け取ってもらいたかった。素直になれない自分が情けない。

ソフィアはいつだって可愛らしく、素直にギルバートに向き合っていた。あの大好きな友人のようになれたら、もっと違っていたのだろうか。涙は次々零《こぼ》れて、想《おも》いは言葉にならない。

「ごめん。カリーナちゃんが僕に会いに来てくれたとは思わなくて……他の男だと」

「他の……人なんてっ、知らないもの……！」

「うん、そうだね。ごめん。——それで、僕にくれたの、すごく嬉しいんだけど」

耳元を擽《くすぐ》る声はこれまでにないほど優しい。甘い声に、どうしても期待してしまう。

「これから一緒に、食事でもどうかな？」

少し自信のなさそうな声が嬉しい。抱き締めてくる腕に手を添えて緩めさせて、自由になった手で涙を拭《ぬぐ》った。

「そうね。私も、お腹《なか》空いちゃった！」

振り返って、きっと赤い目のまま笑う。ケヴィンは安心したような顔で、平静を装って笑い返した。

しかしカリーナは嬉しかった。本人も気付いていないだろう赤くなった耳が、はっきりと言葉にされないケヴィンのカリーナへの気持ちを表してくれているような気がした。

何故《なぜ》か手を繋《つな》がれたまま、カリーナはケヴィンと共に馴染《なじ》みの食事処へと歩き出した。

◇◇◇

自室とされている客間の一室で、ソフィアは藍晶石の指輪を左手の小指に嵌《は》める。つけている方が自然になったそれは、ギルバートの瞳のような藍《あい》色だ。透き通った石を見つめれば、それだけで自然と頬が染まる。

きっとギルバートはまだ仕事中だろう。真面目なところも好ましく思っているが、こんな日は早く帰ってきてほしいというのもやはり本音である。そんな矛盾する感情のまま、そっと照明のスイッチに左手で触れると、昇った太陽により窓の影になっていた場所が、ぱっと明るくなった。

それからしばらくして、窓の外から聞こえてくる馬の蹄《ひづめ》の音に、ソフィアははっと顔を上げた。太陽が地平線の向こうにまさに沈もうとしているときのことだった。いつもギルバートが帰宅するのはもっと後——日がすっかり沈んでしまってからである。まして今の季節は日の入りが早い。

まさかという気持ちと期待とを抱えて、ソフィアは部屋を飛び出した。

階段の上から乗り出すようにして見下ろせば、確かにそこにいたのはギルバートで、ソフィアは頬を緩ませる。足音を立てないように、上品な仕草を心掛けてサルーンへと下りた。

「おかえりなさいませ、ギルバート様」

その声に、ハンスとの会話を止めてギルバートはソフィアに顔を向ける。目が合い、どきんと胸が鳴った。

「ただいま、ソフィア」

声に引き寄せられるように数歩前へと進む。すぐに自然な仕草で腕を引かれて閉じ込められたギルバートの腕の中は、微《かす》かに汗の匂《にお》いがした。すっかりソフィアに馴染んだその場所に、どうしても鼓動は大きくなる。

「あ、あの……ギルバート様。皆、いるので。恥ずかしいです……っ」

思わず俯《うつむ》いてしまいそうなソフィアの顋《あご》にギルバートの手が掛かった。くっと上げられれば、目を逸《そ》らすことができない。

「当主が婚約者と仲良くしている、それは皆も嬉しいことだろう」

ギルバートは、無茶《むちゃ》な理屈を並べて、ソフィアを逃がさない。藍晶石よりも暖かいその瞳の藍色に吸い込まれるように、軽く重ねるだけの口付けを交わした。

「ギルバート様は、意地悪です……」

やっとその腕から解放されたソフィアは、すっかり熱を持ってしまった頬に自らの手を当てた。きっと真っ赤になっていることだろう。

「帰りを待っていてくれたのが嬉しかった。——すまない」

眉《まゆ》を下げて言われてしまえば、ソフィアが許さないはずがない。今日、ソフィアは、心からギルバートの帰りを待っていたのだから。

「いいえ。お帰り、お待ちしていました。早く帰ってきてくださって、嬉しいです。あの、今日は……バレンタインですから……っ」

ソフィアが頬を染めつつも素直に微笑むと、ギルバートも嬉しそうに口角を上げる。

「ああ、知っている。だからソフィアにはこれを」

ギルバートはハンスに持たせていた紙袋から中身を取り出した。ソフィアは驚きに目を見開く。その心遣いに、心がじんと熱くなった。

それは、華やかな白薔薇《ばら》の花束だった。

「ギルバート様、これ――」

「最近はバレンタインに男から贈り物をしても良いと部下から聞いた」

素っ気ない言葉のようでいて、そこには確かにソフィアへと向ける恋情がある。

「最近のソフィアは、儚《はかな》げな美しさの中にも凛《りん》とした強さがあると思う。……この白薔薇のようだ」

白薔薇の花束は、柔らかな色合いのラッピングでソフィアの心を和ませる。差し出されたそれを両手で受け取ると、胸元からふわりと華やかな香りがした。自身を薔薇に例えられることがあるなど思わなかった。

そういうことは、ビアンカのようなもっと華やかで美しい令嬢達に似合うと思っていたからだ。

「ありがとう、ございます……っ」

予想外の贈り物とその言葉に、ソフィアはギルバートを見上げた。ギルバートは手を伸ばして、ソフィアの頭を優しく撫でる。その心地良い感触に瞳が潤んで、胸元の薔薇を抱き寄せた。

それからソフィアとギルバートはいつもより少し豪華な食事をした。

普段よりも早く始めた食事はその分ゆっくりと和やかに進む。最後の一皿とを食べ終わるというところで、ソフィアは給仕を担当している使用人にそっと合図をした。

「あの、ギルバート様。私からも贈り物があるんです」

ギルバートはナプキンを畳もうとしていた手を止め、ソフィアを見る。

「デザートに用意してもらっていて……あ、来ました」

使用人がギルバートの前に皿を置く。皿の上には、包装紙で包んでリボンをつけたソフィアの手作りのガトーショコラが置いてある。

「開けてもいいか？」

「はい。お口に合うと良いのですが」

ギルバートはリボンを解き、包装紙を広げる。料理人が作ったものより少し形は悪いが、味には自信があるそれを見たギルバートは、はっとソフィアへと視線を移した。

「──これは、ソフィアが作ったのか？」

「しばらくの間料理長から教わって、作りました。……形は少し崩れてしまいましたが、味は大丈夫だと──」

言い訳のように言葉を重ねるが、ギルバートはソフィアが話すにつれて表情を緩めていく。それに気付いて言葉を切ると、ギルバートは一度頷《うなず》いて、甘い微笑みを浮かべた。

「ありがとう、とても嬉しい」

そのガトーショコラは、その日のデザートとなった。ギルバートが皿を運ばせ、切り分けてソフィアにも分けてくれたのだ。

「せっかくソフィアが作った物を一人で食べないのは勿体《もったい》ない気もするが、ソフィアと食べた方がより美味《うま》いだろう」

ソフィアは、しばらくの間厨房での練習をギルバートに気付かれないように指輪を外していたことを話した。ギルバートは僅かに視線を逸らしたが、そうか、と頷く。

「あの、ギルバート様。私、この指輪で居場所がギルバート様に伝わること――嫌だと思っていません。今回も……ギルバート様が私を気に掛けてくださっているって思って、嬉しかったです」

「しかし――」

「それに何かあっても、この指輪があれば……いつもギルバート様と繋がっているってことですよね」

頬を染めたソフィアに、ギルバートは息を呑む。ソフィアが首を傾げると、ギルバートは小さく嘆息した。

「ソフィア、……早く結婚したい」

二人の結婚まであと数ヶ月だ。ソフィアはそのあまりに素直なギルバートの言葉に狼狽《うろた》えた。とっさにスカートを握り締めようとしたが、それがもう止めようとしていた癖だと気付く。

行き場の無い両手をテーブルの下で組み合わせて、ソフィアは恥ずかし過ぎて口にできない、私もです、という言葉を心の中でそっと呟いた。

あとがき

こんにちは、水野沙彰《みずのさあや》です。『捨てられ男爵令嬢は黒騎士様のお気に入り２』をお手に取っていただき、ありがとうございます。こうしてまたお会いできましたのは、応援してくださっている読者の皆様のおかげです。心よりお礼申し上げます。

調子に乗ると文字数が増えていってしまう癖は直りそうもありません。気づいたときには、あとがきが一ページしか入らなくなっていました（笑）。

ここでお知らせです。昨年十一月より『ゼロサムオンライン』にて、本作をコミカライズしていただいております！　漫画は野津川香《のづかわかおり》先生です。小説をお読みいただいた方も楽しめる、とてもすてきな漫画になっております。よろしくお願いします！

この場を借りて。ご指導くださった担当編集様、一巻に続き美麗なイラストを描いてくださった宵《よい》マチ先生（二人の結婚式が見られて幸せです。ちょっと泣きました！）、本作に関わってくださった全ての方へ。本当にありがとうございます。

最後に、この本を手に取ってくださった皆様との出会いに、感謝を込めて。

水野沙彰

捨《す》てられ男爵《だんしゃく》令嬢《れいじょう》は黒騎士様《くろきしさま》のお気《き》に入《い》り2

2021年2月5日　初版発行
2022年1月17日　第2刷発行

初出……「捨てられ男爵令嬢は黒騎士様のお気に入り」
小説投稿サイト「小説家になろう」で掲載

著者　水野沙彰

イラスト　宵 マチ

発行者　野内雅宏

発行所　株式会社一迅社
〒160-0022 東京都新宿区新宿3-1-13 京王新宿追分ビル5F
電話　03-5312-7432（編集）
電話　03-5312-6150（販売）
発売元：株式会社講談社（講談社・一迅社）

印刷所・製本　大日本印刷株式会社
ＤＴＰ　株式会社三協美術

装幀　世古口敦志・前川絵莉子（coil）

ISBN978-4-7580-9334-7

Printed in JAPAN

おたよりの宛て先
〒160-0022 東京都新宿区新宿3-1-13 京王新宿追分ビル5F
株式会社一迅社　ノベル編集部
水野沙彰《みずのさあや》 先生・宵《よい》 マチ 先生